BASTEI LÜBBE
JUGENDBUCH

Der Puma und seine Freunde

Stefan Wolf

Weiblich, 16, blond, vermißt

BASTEI LÜBBE
JUGENDBUCH

BASTEI-LÜBBE-TASCHENBUCH
Band 18 609

Erste Auflage:
November 1994

Titelbild: R. Stolte
Innenillustrationen: Marc Dietel
Umschlaggestaltung:
Quadro Grafik, Bensberg
Satz: KCS GmbH,
Buchholz/Hamburg
Druck und Verarbeitung:
Ebner, Ulm
Printed in Germany

ISBN 3-404-18609-5

Der Preis dieses Bandes
versteht sich einschließlich der
gesetzlichen Mehrwertsteuer.

Inhalt

Daniel Loewinger, der Puma

Erster Eindruck: Supertyp! Zweiter Eindruck: Gibt's denn das? Kann einer so feige sein, so duckmäuserisch, so hilflos? Daniel wird in der Schule ›Schlaffi‹ genannt. Und diese Rolle - nämlich die des Prügelknaben – spielt er perfekt. Weiß er doch: Es ist die ideale Tarnung für ihn. Denn nachts und in aller Heimlichkeit wird Daniel zum Puma – zu dem maskierten Ganovenjäger, vor dem die Unterwelt zittert.

Wer ahnt denn auch, daß sich ein Fünfzehnjähriger hinter der Maske verbirgt? Ein sehr ungewöhnlicher Teenie allerdings. Daniel sieht aus wie siebzehn, ist groß, athletisch und beinharter Nahkämpfer, ein As vor allem im Vo-Vi-Nam, der vietnamesischen Kampfkunst. Er jagt Verbrecher aus Leidenschaft und immer nach seiner Methode, die sich erheblich unterscheidet von Polizeiarbeit.

Seit dem Tode seiner Eltern – sie saßen in einem Flugzeug, das von Terroristen gesprengt wurde – lebt Daniel bei Oma (ehemalige Opern-Diva) und Opa (Ex-Flugkapitän und großer Erfinder) auf einem herrlichen Landsitz am Rande der Großstadt. Die Großeltern wissen nichts vom Doppelleben ihres Enkels. Sie lieben ihn, er hat ein warmes Nest. Hier fädelt er seine Aktionen ein. Zur unverzichtbaren Ausrüstung gehören das schwere Motorrad, das er mit Sondererlaubnis fährt, das Kehlkopfmikrofon, mit dem er seine Stimme verändert, und der Puma-Stempel zum Kennzeichnen der gefaßten Ganoven. Mit dabei sind auch immer: seine Freunde.

Philipp Wappenholt, genannt Zappel

Er ist Daniels bester Freund, ein Klassenkamerad aus der 10c im Kant-Gymnasium. Philipp, dünn und hektisch, kann bauchreden und möchte im späteren Leben Clown werden oder wenigstens Humorist. Er fährt Moped mit rotem Sturzhelm, ist leidenschaftlicher Tischtennisspieler, verliert aber immer. Seinen Vater – einen Leichtfuß ohne Verantwortung – hat er nie kennengelernt, doch Clarinda, die alleinerziehende Mutter, schlägt sich wacker durch als Floristin mit kleinem Blumenladen und als – Hellseherin. Igor, Zappels zahmer Igel, hat Flöhe, und Zappel kratzt sich sehr oft. Bei Daniels Aktionen ist er immer dabei und dann total zuverlässig – obwohl ihm manchmal übel wird vor Aufregung.

Michael Loewinger, genannt Mike

Ohne Daniels großen Bruder (sechsundzwanzig Jahre, einhundertsechsundachtzig cm) ginge vieles nicht. Mike, ein ehemaliger Architektur-Student, ist das As beim Landeskriminalamt (LKA) im Range eines Kommissars. Eingesetzt wird er freilich immer als UCA (Under Cover Agent), also als verdeckter Ermittler, der sich einschleust in die Höhle des Löwen, nämlich in verbrecherische Organisationen wie die Mafia.

Die beiden Brüder verstehen sich bombig. Gegenseitige Hilfe ist angesagt. Mike fährt einen schwarzen Porsche, beherrscht vier europäische Sprachen und ist als cooler Typ sehr beliebt bei den Frauen.

Marcel-Heinrich Lohmann von Orps

Der Vierte im Feundschaftsbund und ein ganz exotischer Vogel. Marcel ist Visagist (Spezialkosmetiker) und Maskenbildner bei Film und Fernsehen. Ein Schicki-Micki-Typ, der sich in seinem Schönheitssalon ›Ladies Paradise‹ um die Damen der Oberschicht kümmert. Stinkreich, geschniegelt, unverbesserlicher Zocker (Spieler). Er ist neununddreißig Jahre alt, und beinahe wäre er keinen Tag älter geworden, als nämlich sein Ferrari brennend an einem Baum klebte und Marcel bewußtlos hinterm Lenkrad hing. Unter Lebensgefahr zog Daniel ihn heraus – und wurde schwer verletzt dabei vom explodierenden Wagen. Seitdem ist Mikes Freund auch Daniels Freund – und hilft dem Puma mit seiner Visagistenkunst. Das heißt, er verwandelt Daniel in andere Personen. Die Palette ist breit. Sie reicht vom vergammelten Penner bis zum neunzigjährigen Tattergreis.

Marcel, Philipp und Mike sind die einzigen, die über den Puma Bescheid wissen.

Lisa (Hermine) Ebensteyn

Vierzehn Jahre, silberblond, blaue Augen, Tochter des Polizeipräsidenten – und Schwarm aller Jungen. Doch unnahbar, denn ihr Herz gehört dem Puma – obwohl sie keine Ahnung hat, wer das ist. – Daniel ist unsterblich verliebt in Lisa, und es schmerzt ihn gewaltig, daß sie zwar glänzende Augen bekommt, wenn vom Puma die Rede ist, aber für den Mitschüler Daniel, den ›Schlaffi‹, nur Verachtung empfindet.

Ganz so schlimm, wie er meint, denkt sie allerdings nicht über ihn. Sie empfindet sogar Mitleid und verteidigt ihn manchmal, worüber – und über ihre zwiespältigen Gefühle – sie sich dann wieder ärgert. Lisa nimmt bei Daniels Oma Gesangsunterricht, malt, tanzt Ballett, leitet eine Theatergruppe und den von ihr gegründeten Puma-Fanklub, dem schon neunundvierzig Mädchen angehören.

Kaufhaus-Erpresser

Wie sieht ein Erpresser aus? überlegte Daniel. Einer, der bereit ist, unermeßlichen Schaden anzurichten mit seiner Höllenmaschine, seiner Bombe. Sachschaden! Und Personenschaden, wie es so heißt in der Protokollsprache der Polizei. Damit ist gemeint: Körperverletzung, Verkrüppelung – Tod.

»An der Nasenspitze«, sagte Philipp, genannt Zappel, »sieht man es keinem an. Aber vielleicht an den Augen. Wenn sie tückisch glitzern.«

»Wenn sie gierig glitzern!«

»Ich weiß nicht«, Zappel verzog sein Sommersprossen-Gesicht. »Gierig ist heutzutage doch jeder.«

»Wir nicht.«

»Unsere Leute auch nicht.«

»Das ist doch schon ein Anfang«, lachte Daniel.

Ein Donnerstagnachmittag im August. Die Hundstage waren heißer als je zuvor. Die Millionenstadt schien aufzuweichen. Und das Gehirn auch – bei etlichen Mitbürgern.

Die beiden Freunde stellten das fest, während sie

im Parterre des Kaufhauses SUPERKLOTZ vor der Rolltreppe standen und die klimatisierte Kühle genossen.

In den sechs riesigen Etagen herrschte enormer Betrieb. Viele Leute wollten nichts kaufen, sondern waren nur hier wegen der Kühle.

Ziemlich albern, was wir hier machen, dachte Daniel. Aber nichts zu tun, wäre schlimmer.

Es hatte gestern in der Zeitung gestanden. Ein Unbekannter erpreßte das SUPERKLOTZ. Er forderte eine halbe Million. Andernfalls würde er hier eine Bombe deponieren – und dann für nichts garantieren. Die Polizei nahm ihn ernst.

Es war – wie es in der Presse hieß – dieselbe verzerrte Männerstimme am Telefon gewesen wie vor fünf Jahren in Hamburg. Damals hatte der Unbekannte eine Dreihunderttausend-DM-Erpressung mit Erfolg durchgeführt.

Inzwischen hatte er das Geld offenbar verballert, und jetzt sollte Nachschub her. Diesmal hier, in einer anderen Großstadt. Doch die SUPERKLOTZ-Geschäftsleitung, vertreten durch den Direktor Waldemar Meier, war nicht gewillt zu zahlen.

»Angenommen, du wärst der Erpresser«, sagte Daniel, »Wo würdest du die Bombe verstecken?«

»So krank kann ich nicht denken.«

»Bemüh dich!«

»In einer Abteilung, wo die wenigsten Leute sind, wo beim Knall aber enorm was scheppert. Und in einer Abteilung, die ich nicht leiden kann.«

»Dann scheidet die Lebensmittel-Abteilung aus. Alle fressen gern. Auch Erpresser.«

»Und wenn er Magengeschwüre hat? Oder Gallensteine?«

HEISSE PREISE
79.

»Trotzdem träumt er von fettem Schinken und Rotwein.«

»Vielleicht ist er geistig aus dem vorigen Jahrhundert und haßt High-Tech. Dann wäre die Computer-Abteilung sein Ziel.«

»Wir haben die Wahl«, sagte Daniel und stellte sich auf die Rolltreppe.

Die Jungs ließen sich hinaufbaggern.

Daniel spielte wie üblich den Schlaffi – mit Fensterglas-Brille und hinkendem Gang. Allerdings war sein athletischer Body unter dem roten T-Shirt gut sichtbar.

»Wir machen einen Rundgang«, sagte Daniel, »halten die Augen offen und tun so, als fühlten wir uns nützlich.«

»Wir sind nützlich. Wir blicken streng. Dann hält man uns für Hausdetektive. Die Ladendiebe erzittern, strecken ihre Langfinger nicht aus, sondern rennen zum nächsten WC, weil sie sich vor Angst in die Hose machen.«

»Schön wär's!«

Sie durchkämmten die Etagen: Oberbekleidung für Damen, Oberbekleidung für Herren. Fashion-Corner, Kids-Boutique, Wäsche-Abteilung – für Leib und Betten.

Sport-Abteilung. Das war interessant. Daniel prüfte die neuesten Surfbretter und entdeckte dann einen speziellen Sandsack, der ihm geeignet erschien fürs Training seiner vietnamesischen Kampfkunst Vo-Vi-Nam.

Daniel notierte sich's in Gedanken. In seinem Schuppen hinten auf den Loewinger-Anwesen würde das Gerät, das klaglos Prügel einsteckte, seinen Platz finden.

»Im vierten Stock«, sagte Zappel, »gibt es Teppiche, TV-Apparate und Radios, Lampen und Porzellan. Das ist doch was für ’ne Bombe.«

»Klar.«

Daniel hatte unauffällig mindestens hundert Männergesichter gemustert. Nur fünfen hätte er nichts Böses zugetraut. Aber nicht mal da war er sich sicher.

Musik rieselte aus Lautsprechern. In allen Abteilungen des Kaufhauses war das zu hören. Auffälligerweise verzichtete man auf heiße Musik. Denn der Tag war heiß genug.

Dieser Betrieb!

Zeidler stöhnte und wischte mit seinem behaarten Unterarm über die Stirn.

Das war unfein und trug ihm den mißbilligenden Blick einer älteren Dame ein.

Na und? Blöde Kuh!

Er sprach’s nicht aus, formte aber die Worte mit den Lippen. Die Frau erschrak und wandte sich ab.

Egon Zeidler war groß und feist. Über dem Hosenbund rollte sich Speck. Stirnglatze. Ein Schnauzbart. Zeidler hatte derbe Züge, und so war auch seine Gesinnung. Aber auf seine Rücksichtslosigkeit – er nannte es lebenstüchtig – bildete er sich was ein. Zu kleinen Gaunereien besaß er Talent.

Er betrat die Porzellan-Abteilung.

Seine betagte Tante hatte demnächst Geburtstag. Zeidler konnte sie nicht ausstehen. Aber sie würde Vermögen hinterlassen, und er war einer der Erben.

Also sah er sich nach einem Kaffee-Service um.

Tante Gerda besaß mehr als drei Dutzend davon. Zig

Vitrinen waren gefüllt mit Kaffeegeschirr. Sie sammelte. Sie konnte nicht genug davon kriegen.

Vielleicht finde ich ein preiswertes, dachte Zeidler, das teuer aussieht. Sie kann ja nicht jedes kennen, nicht jeden Katalog. Zur Hölle mit der Alten – am besten bald!

Dort unten im Regal. Aha! Weiß, hellblau – Blumenmuster. Und so zierlich!

Er bückte sich.

Während er das Service musterte, bemerkte er den Mann – sah ihn durch eine Lücke im Regal: einen Typ mit rotem, kahlem Bullenschädel und mongolischem Schnauzbart in Blond. Der Typ mochte Ende Dreißig sein. Trotz der Hitze trug er eine schwarze Lederjacke. Aber nicht deshalb fiel er Zeidler auf, sondern wegen seines Benehmens.

Bullenschädel stand vor einer Vitrine und drehte langsam den Blick nach allen Seiten – argwöhnisch.

Zeidler, gebückt, blieb unbemerkt. Sonst war niemand hier – nur Leere zwischen den Regalen voll zerbrechlichen Inhalts.

Bullenschädel zog ein Päckchen unter der Jacke hervor, fummelte daran und schob es unter die Vitrine.

Dann wandte er sich ab und stampfte Richtung Rolltreppe.

Zeidler richtete sich auf. Seine Handflächen wurden feucht. Er ahnte, nein, er wußte, was das Päckchen zu bedeuten hatte.

Aus der Zeitung wußte er's!

Ausführlich hatte die Presse berichtet über den SUPERKLOTZ-Erpresser. Ein Unbekannter drohte mit Anschlägen – falls seine Forderung nach Geld nicht erfüllt wurde.

Das Päckchen war garantiert eine Bombe.

Jetzt aber hinterher!

Zeidler folgte dem Typ zur Rolltreppe.

Doch Bullenschädel hatte die falsche Seite erwischt.

Die Treppe welche er ansteuerte, lief aufwärts und beförderte soeben zwei Jungs in die vierte Etage.

Vibrierendes Feeling

Daniel machte einen langen Schritt von der Rolltreppe auf festen Boden – und wäre fast gegen den Mann geprallt.

Der wollte auf die aufwärts gleitenden Stufen.

»Falsche Seite«, sagte der Puma. »Abwärts geht's dort.«

Der Typ wandte sich ohne Erwiderung ab.

Kotzbrocken! dachte Daniel. Hat sich den Schädel kahl geschoren, damit Platz ist für Sonnenbrand. Und 'ne schwarze Lederjacke bei der Hitze! Der will sich wohl schmoren im eigenen Saft. Typischer Bombenleger, haha! So typisch, daß er's bestimmt nicht ist.

»Hast du den Typ gesehen?« fragte Zappel hinter ihm. »Könnte der Erpresser sein, wie?«

»Bei der Visage!«

»Und genau das ist es, Zappel, womit uns die Natur täuscht. Wer ganz besonders aussieht nach was, ist gerade das ganz besonders nicht. Eher der da!«

Ein Mann hastete an ihnen vorbei, starren Blicks, als verfolgte er den Lederjacken-Typ. Ein derber Prolet mit

Halbglatze und offensichtlich unkontrollierter Nahrungsaufnahme: ein fetter Freßsack.

»Ich betrachte unsere Action«, meinte Zappel, »ohnehin als Zeitvertreib armer Irrer. Andere liegen jetzt im Schwimmbad, zeigen ihren gebräunten Body herum, begutachten die Mädchen und spielen – wenn's ganz wild kommt – eine Runde Streetball. Hast du übrigens die Basketbälle in der Sportabteilung gesehen? Original-Fabrikate und unter zwanzig Mark. Bevor wir rausgehen, hole ich mir einen.«

»Ich habe zwei. Kriegst einen vor mir.«

»Genau die?«

»Genau die. Im Sporthaus Fun kosten sie sechzehn Mark. Da habe ich gleich zwei genommen. Einer könnte kaputt gehen. Wir...«

Daniel hielt inne.

Sein Herz setzte zum Hochsprung an und führte ihn aus – bis in die Kehle. Und ein wonniges Schaudern breitete sich im Genick aus.

»Hallo, ihr!« sagte Lisa.

Sie schlenderte heran aus der Teppich-Abteilung, taufrisch und herrlich anzusehen wie immer. Sie trug weiße Shorts. Die langen Beine waren gleichmäßig gebräunt. Das blaue T-Shirt trug einen roten Aufdruck: PUMA FAN CLUB

»Tag, Lisa!« sagte Daniel.

Zappel grinste breit. »Hallo, Lisa! Hast ja ein irre starkes Hemd. Puma Fan Club! Wird der Ganovenjäger – der geheimnisvolle Unbekannte – schon auf diese Weise vermarktet? Kann man das Leibchen kaufen?«

Lisa – Tochter des Polizeipräsidenten und Daniels heimliche Liebe – schüttelte den Kopf. Funken schienen aus der silberblonden Mähne zu sprühen.

»Das wäre ja Vermessung! Das verdient der Puma nicht. Der ist was Besonderes! Wir Mädchen aus dem Fan-Club – ihr wißt ja, daß ich die Vorsitzende bin – haben uns hundert Shirts so bedrucken lassen. Für jeden zwei – mit mir sind's jetzt neunundvierzig Mitglieder. Zwei Shirts sind in Reserve.«

»Toll!« meinte Daniel.

Verdammt! Ihm, der Reden aus dem Stegreif halten kann – Reden, die sich Parteivorsitzende und Bundeskanzler als Beispiel nehmen könnten –, ihm ist in Lisas Gegenwart manchmal die Zunge wie gelähmt.

Zappel, unbelastet von dem vibrierenden Feeling heimlicher Liebe, sagte: »Immer noch neunundvierzig? Ist keine dazugekommen?«

»Ph!« Lisa wechselte ihr Portemonnaie in die andere Hand. Offenbar waren die Taschen ihrer Shorts zu klein dafür. »Wir nehmen doch nicht jede auf. Anfragen habe ich zu Hunderten – seit sich's rumgesprochen hat. Aber Mitglied wird bei uns nur, wer nach unserer Philosophie lebt.«

»Aha!« sagte Daniel. »Und das ist?«

»Maßgebend sind die Ideale des Pumas.«

»Aber den kennt ihr doch gar nicht.«

»Niemand weiß, wie er aussieht, wie er heißt, wie alt er ist. Aber wir wissen, wie er handelt. Gerechtigkeit und Hilfsbereitschaft. Das hat er sich auf die Fahne geschrieben. Er greift ein. Er ist klug, mutig und stark.«

Stimmt! dachte Daniel. Bin ich.

Er nickte. »Ja.«

Mehr fiel ihm nicht ein. »Auch wenn ich seine Identität nicht kenne«, sagte Lisa, »besteht doch eine enge Beziehung zwischen ihm und mir. Mein Vater wird ja oft von ihm angerufen. Immer, wenn er wieder irgendwelche Verbrecher gefangen hat. Und außerdem ... hier!«

Sie hob den linken Fuß.

Die Füße steckten in weißen Ballerina-Schuhen. Und an der linken Fessel hing ein Goldkettchen mit Herz.

»Was ist das?« staunte Daniel.

»Ein Fußgelenk-Kettchen. Hat mir der Puma geschenkt.« Ein rosiger Hauch zog über ihr Gesicht. »In das Herz ist eingraviert: Für Lisa vom Puma. Er lie ... er verehrt mich.«

Wie wahr! dachte Daniel. Ich liege dir zu Füßen. Aber ich muß meine Rolle spielen, den Schlaffi. Das tarnt mich. Das trägt zum Erfolg bei. Das wird vielleicht eines Tages helfen, die Mörder meiner Eltern zu finden. Terroristen! Wahnsinnige, die das Flugzeug sprengten, in dem meine Eltern waren! Ja, ich bin der Schlaffi. Und Lisa verachtet mich. Aber irgendwann einmal nehme ich die Maske ab.

»Stark!« sagte er. »Ich meine: ein schönes Kettchen.«

»Ich trage es Tag und Nacht. Auch beim Duschen. Im Winter werde ich's unter der Strumpfhose tragen.«

»Den Puma würde es freuen«, sagte Zappel, »daß du so darauf abfährst. Ein Geschenk, das ankommt, ist ja auch immer eine Freude für den, der schenkt.«

»Ich glaube, er weiß, daß ich mich freue.« Lisa lächelte. »In seinem Brief schrieb er, daß er oft in meiner Nähe ist.«

Zappel machte auf Clown und sah sich rasch um nach allen Seiten.

»Vielleicht versteckt er sich irgendwo.«

Lisa wechselte das Thema. »Wollt ihr einkaufen?«

Daniel schüttelte den Kopf. »Wir bummeln nur. Und du?«

»Ich suche ein kleines Geschenk.«

»Für den Puma?« Zappel feixte.

»Unsinn! Für meine Freundin Marion Unnert.«

Der Name sagte Daniel nichts.

»Ist die aus der Penne?«

Er meinte das Kant-Gymnasium, wo sie alle die Schulbank drückten. Zur Zeit allerdings nicht. Jetzt waren Sommerferien. »Nein, Marion ist aus Salzburg«, erklärte Lisa. »Persönlich kenne ich sie noch nicht. Eine Brieffreundin. Die Jugendzeitschrift Kids-und-Fun hat im März eine Reportage gebracht über meine Gründung des Puma Fan Clubs. Daraufhin hat mir Marion geschrieben. Sie wollte Mitglied werden. Aber wir nehmen ja nur hiesige. Trotzdem hat sich eine Brieffreundschaft entwickelt.«

Die Jungs fanden das gut.

»Jetzt besucht dich Marion also«, stellte Daniel fest.

»Am Samstag. Acht Uhr fünf Ankunft des ICE aus Salzburg. Natürlich hole ich Marion ab. Sie ist schon sechzehn, wird bald siebzehn. Geht nicht mehr zur Schule. Hat einen tollen Job in einer Kunsthandlung. Marion versteht was von Gemälden. Von Malerei überhaupt.«

Die Jungs waren beeindruckt.

Lisa, die heute sehr mitteilsam war, fuhr herum: »Vielleicht mache ich eine Ausnahme und nehme Marion trotzdem auf. In den Club, meine ich. Immerhin hat sie hier eine Tante. Bei der wohnt sie auch. Offenbar eine alte Dame, Witwe des ehemals sehr bekannten Kunsthändlers Plessendorf. Uns sagt das nichts. Aber mein Vater wußte gleich, wer Plessendorf war. Allerdings ist der schon lange tot.«

»Die Witwen leben meistens länger«, sagte Daniel.

»Das liegt daran, weil sie nicht soviel malochen«, ergänzte Zappel.

Lisa krauste die Stirn. Die Erklärung erregte Mißfallen.

»Auch Frauen arbeiten hart«, sagte Daniels heimliche Liebe. »Frauen sind keine Drohnen, keine faulen Nutznießer fremden Schaffens, sondern gleichberechtigt und selbstverantwortlich. Klar! Daß sie länger leben, statistisch gesehen, liegt es an ihrem biologischen Vorteil. Sie halten mehr aus, weil sie ja auch die Kinder zur Welt bringen.«

»Eine Viecherei!« nickte Zappel.

»Was?«

»Ich meine: So ist es.«

Lisa bedachte ihn noch sekundenlang mit kantigem Blick. Dann wandte sie sich zur Porzellan-Abteilung.

»Also, tschüs! Ich sehe mal, ob ich eine hübsche kleine Porzellanfigur finde. Marion sammelt Glas- und Porzellanhäschen.«

Eine echte Kunstsachverständige, wollte Daniel sagen. Aber er schluckte es runter und bedauerte, daß seine wunderbare Lisa nun den Abflug machte. Immerhin blickte er noch mal über die Schulter zurück. Und ein kleines Lächeln blitzte auf, das aber sofort wieder erlosch.

TNT in der Porzellan-Abteilung

Mit der Rolltreppe war Bullenschädel hinuntergefahren. Zeidler blieb ihm auf den Fersen.

Die Polizei alarmieren? Zeidler hätte fast aufgelacht bei dem Gedanken. Nein! Was ganz anderes entstand als Idee in seinem Kopf. Hier ging's um Geld. Um viel Geld. Dem war Zeidler zugetan.

Wenn der Typ wieder Erfolg hat, dachte er, wie damals in Hamburg – war doch Hamburg? Oder was hat in der Zeitung gestanden? Egal! Jedenfalls hole ich mir dann meinen Anteil. Habe zwar nicht gesät, werde aber ernten. Haha!

Bullenschädel verließ das Parkhaus, tauchte ein in den Strom der Leute, wo die Luft war, als käme sie aus einem Topf mit kochendem Wasser.

Bullenschädel fühlte sich sicher. Kein Blick zurück. Keine Geste der Vorsicht.

Parkhaus Burgstraße. Na, herrlich! dachte Zeidler. Mein Wagen steht auch dort.

Bullenschädel hatte nur großes Geld und wollte zur Kasse.

Zeidler hatte jetzt alles getimt, war vor ihm da, legte seinen Parkschein vor und einen Zehner.

»Damit zahlen Sie bitte am Automaten«, sagte der Kassierer. »Jedenfalls das nächstemal. Dafür haben wir ihn ja. Also hier! Ausnahmsweise.«

Zeidler erhielt Wechselgeld und Schein.

Blöder Hund! dachte er, lächelte aber freundlich.

Er blieb bei einem Plakat stehen, auf dem eine kleine Stadt für ihre sommerlichen Festspiele warb. Konzerte, Ritterturnier, Golf.

Hinter Bullenschädel trat Zeidler in den Lift.

Null Beachtung. Wie immer, wenn zwei Freunde sich begegnen müssen auf engem Raum.

Zeidler hatte die Zwei gedrückt, wo sein Wagen stand.

Bullenschädel drückte Drei – na, wunderbar! Im zweiten Parkdeck warf sich Zeidler in den Wagen. Hier war alles still. Kein Betrieb zu dieser Stunde.

Er fuhr zur Abfahrt, postierte sich und wartete.

Ein Audi kam den Betonschlauch herunter. Bullenschädel war durch die Scheibe zu erkennen.

Zeidler ließ ihn vorbei, schloß sich an, trat aufs Gas und – knallte dem Audi ins Heck.

Blech kreischte. Heckleuchten zerbröselten. Beide Fahrzeuge standen.

Bullenschädel stieg aus, jetzt noch röter vor Wut.

»Sind Sie besoffen?« brüllte er.

Zeidler stand neben seinem Wagen und bemühte sich um ein entsetztes Gesicht.

»Tut mir wahnsinnig leid.«

»Tut Ihnen leid? Na, so was! Haben Sie gesoffen?«

»Ich bitte Sie! Ich trinke nie, wenn ich Auto fahre.«

»Und jetzt? Mein Wagen ist im Eimer.«

»Ich habe einen Slipper verloren. Der ist unter das

DURCHFAHRTSHÖHE

Bremspedal gerutscht. Ich wollte ihn hervorziehen. Dabei bin ich aufs Gas gekommen.«

»Mein Wagen ist nagelneu!« brüllte Bullenschädel. »Das sehen Sie doch. Oder?«

»Ich sage ja, daß es mir leid tut.« Jetzt brüllte auch Zeidler. »Jeder macht mal einen Fehler. Das ist kein Grund zur Unhöflichkeit. Auch wenn Ihr Auto neu ist. Ihnen wird ja alles ersetzt.«

Bullenschädel besah sich den Schaden, fluchte halblaut dabei und schlug sich mit der Faust gegen den Schenkel.

Dann mußten sie die Abfahrt räumen wegen eines anderen Wagens.

Sie rollten aufs erste Parkdeck. Dort tauschten sie die Adressen aus, wobei sich Bullenschädel von einer blaßgelben Visitenkarte trennte.

Zeidler übergab seine Kfz-Unfallkarte, die man ja immer dabei hat. Bullenschädel steckte sie ein.

Er hieß Klaus Frowinkl und wohnte in einem der besseren Vororte.

Das ist es, was ich wissen wollte, dachte Zeidler und verbiß sich ein Grinsen.

Und weg ist sie! Daniel sah Lisa nach, sah, wie sie zwischen den Regalen der Porzellan-Abteilung verschwand. Das blaue T-Shirt leuchtete noch mal zwischen zwei Krügen. Dann entzog sich der liebliche Schemen endgültig seinem Blick.

»He, was ist das?«

Zappel bückte sich. Er hob etwas auf.

»Sieht aus wie ein winziges Glied von einem Goldkettchen.«

Daniel beugte sich über Zappels Handteller. »Hast recht.«

»Mensch, Puma! Geht ihr Fußkettchen entzwei?«

Daniel lächelte. »Nee! Das Puma-Kettchen ist stärker. Beste römische Goldschmiedearbeit und ..., Philipp! Du bringst mich auf was.«

Er nahm ihm das zerbrochene Kettenglied ab.

»Wenn's Gold ist, will ich Finderlohn«, meinte Zappel.

»Mach dich nicht lächerlich. Der Wert hierfür ist null. Aber ich kann mich ranschmeißen an Lisa. Ist doch riesig nett von mir, daß ich ihr nachrenne und das Kettenglied bringe. Warte hier!«

Daniel stürmte los.

»Hinken!« meinte Zappel halblaut, und Daniel entsann sich der vermeintlichen Behinderung.

In der Porzellan-Abteilung mußte er einen Moment suchen. Dann entdeckte er seine heimliche Liebe vor einer Vitrine, in der kleine und kleinste Tierplastiken ausgestellt waren. Allesamt aus Porzellan oder Bleikristall: Pferdchen, Hühnchen, Häschen, Bärchen, Entchen, Rehlein und Hündchen.

Lisa betrachtete die Menagerie und saugte unschlüssig die Lippen ein.

»Lisa!«

»Ja?« Sie drehte sich um.

»Hast du dein Fußkettchen noch?«

»Wie? Um Himmels willen!« Sie blickte an sich hinunter. Aber das Kettchen zierte ihr Fußgelenk.

»Na, Gott sei Dank!« meinte er. »Sieh trotzdem mal nach, ob es noch heil ist. Ich habe dieses goldene Kettenglied gefunden.«

Lisa betrachtete es, wobei sie seine hingestreckte Hand berührte.

»Das ist zu klein. Das ist nicht von mir.«

Doch sie untersuchte ihr Kettchen, wobei sie den Fuß mit angewinkeltem Knie hochzog und sich, um die Balance zu halten, mit einer Hand auf Daniels Arm abstützte.

»Nein, alles in Ordnung.«

Sie lächelte.

Dann war die Hölle los.

Erst kam die Druckwelle. Mit ihr flogen ein Regal, große Bodenvasen, Krüge, ungezählte Einzelteile an Glas und Porzellan.

Die Explosion!

Die Etage bebte. Das Krachen bog die Trommelfelle durch wie Hängematten. Ein schwerer Gegenstand traf Daniels Rücken, zig kleinere folgten.

Der Puma wurde gegen Lisa geworfen. Und sein einziger Gedanke in diesem Bruchteil der Sekunde war: Abschirmen! Abschirmen muß ich sie. Kein Gedanke, ein Reflex.

Er riß die Arme zur Seite, stürzte mit Lisa, die aufschrie, zu Boden, begrub sie unter sich. Und er merkte: Das Zentrum der Explosion war hinter ihm gewesen. In der Verlängerung von Lisa zu ihm geradeaus weiter. Fünf Meter entfernt? Zehn?

Später würde man feststellen: Es waren fast zwanzig. Aber die Gewalt der kleinen TNT-Bombe war ungeheuer.

Jedenfalls hatte Daniel sich genau zwischen Lisa und der Höllenmaschine postiert, hatte das Mädchen beschirmt wie ein Schild.

Wie ein ausladendes Schild. Denn Daniel war fast einen Kopf größer als sie und mindestens doppelt so breit.

Stille.

Staub wölkte umher wie bei einem Sandsturm in der Sahara. Dann begann es zu regnen.

Die Sprinkleranlage, die automatische Feuerlösch-Vorrichtung mit ihren Düsen an der Decke, verschüttete Wasser. Zu löschen war eigentlich nichts. Aber die Anlage reagierte sensibel oder war falsch programmiert.

»Daniel!« Lisa, deren Kopf er mit beiden Händen an seiner Brust barg, zitterte. »Lebst du?«

»Ich glaube, ja.«

Verdammt! dachte er. Jetzt muß ich mich aufrichten. Leider!

Er ließ sie los und stemmte sich hoch.

Es ging. Schmerzen im Rücken, als hätte ein Pferd ihn getreten. Aber gebrochen war nichts. Außerdem interessierte ihn das im Moment nicht die Bohne. Was war mit Lisa? Er half ihr beim Aufstehen. Fehlte ihr was?

Sie zitterte unentwegt, war totenbleich und blutete am Oberarm. Aber nur etwas. Ein Splitter hatte die Haut geritzt. Keine weitere Verletzung.

Sie sahen sich an.

»Ohne Brille«, sagte sie, »siehst du direkt gut aus. Aber du siehst wohl nichts, wie?«

Dann prusteten beide los.

»Wir haben Sorgen«, lachte Lisa. Aber dabei liefen ihr Tränen über die Wangen. Und der Schock schüttelte sie so, daß die Strahlerzähne aufeinanderschlugen.

Daniel nahm sein Taschentuch und betupfte ihr Gesicht. »Wir sehen aus wie gebadete Katzen.«

Die Sprinkleranlage hatte aufgehört, merkte offenbar, daß hier nichts brannte. Doch die beiden waren durchnäßt.

Lisa hatte sich gebückt und richtete sich auf.

»Mein Kettchen ist immer noch heil. Aber das Portemonnaie ist weg.«

Daniel fand seine Brille.

»Sieh dir das an! Nicht zerbrochen.«

Zappel kam im Laufschritt mit käseweißem Gesicht.

»Da seid ihr! Mein Gott! Ich habe alles abgesucht. Die ganze Abteilung ist zerstört. Hat dich was geärgert. Daniel? Oder weshalb bist du ausgerastet?«

»Hör auf! Uns ist nicht nach Witzen zumute.«

Dann begann Lisa zu weinen.

Daniel legte den Arm um sie.

»Wir haben es überstanden, Lisa. Es ist vorbei. Wir hatten Glück.«

500 000! Oder...

Alle kamen: Feuerwehr, Notarzt, Polizei. Und natürlich auch Lisas Vater: Dr. Baldur Ebensteyn, der Polizeipräsident.

Zu diesem Zeitpunkt befanden sich die Kids bereits im Chefbüro des Kaufhaus-Direktors Waldemar Meier.

Meier war Ende Dreißig, mittelgroß und eher schmächtig. Er sah unbedeutend aus. Wohl deshalb hatte er sich eine bedeutende Position erarbeitet und brannte immer noch voller Ehrgeiz. Doch im Augenblick hatte ihn aller Mut verlassen.

Seine Porzellan-Abteilung war ein Trümmerhaufen.

»Dieser Verbrecher!« sagte Meier und schüttelte sich. »Für solche Typen sollte man die Todesstrafe wieder einführen.«

Daniel ließ den Mund geschlossen. Für eine Diskussion darüber war jetzt nicht der richtige Moment.

Die drei Kids wurden bewirtet. Feinstes aus der Lebensmittel-Abteilung und/oder vom Kuchenbüffet.

Daniel und Zappel hatten nur Durst, tranken Apfelschorle und Coke. Aber Lisa, die sonst auf ihre ranke

Figur hält wie ein Topmodel, erlebte eine seltsame Weichenstellung ihres Appetits infolge des Schocks.

Sie hatte Matjeshering mit Kartoffeln verspeist, dann einen Eisbecher mit Likör und Sahne; abschließend verlangte sie eine Tüte Gummibärchen.

Niemand sagte was. Doch Daniel registrierte, wie ihre Hände immer noch zitterten und das Eßbesteck klapperte.

Der Erpresser hat ihr das angetan, dachte der Puma. Er! Sie könnte tot sein. Dafür bringe ich ihn um. Ich könnte jedenfalls tot sein. Dafür – also gut: lebenslänglich. War's der rote Bullenschädel mit der Lederjacke? Oder der große Prolo mit Stirnglatze und Schnauzbart? Gehören die beiden zusammen? Nein! Aber was Verdächtiges hatten sie an sich. Beide.

Gleich als Meier antanzte, hatte Daniel verkündet, ihnen wäre leider kein Verdächtiger aufgefallen.

Damit wußte auch Philipp: Was wir gesehen haben, geht zunächst mal nur uns an. Das hieß: Der Puma greift ein.

Jetzt erfolgte die Invasion der zu Hilfe Eilenden. Der Notarzt versah erst Lisa mit einem Pflästerchen, untersuchte dann Daniels Rücken.

»Bist du Gewichtheber?«

»Nein.«

»Hast aber solche Muskeln.«

»Freut mich.«

»Tut's hier weh?«

»Nur, wenn Sie so zwicken.«

»Und hier?«

»Und hier?«

»Auch nicht.«

»Kannst du den Kopf drehen?«

Daniel tat ihm den Gefallen.

»Du hast eine Menge Schnittwunden und Risse auf dem Rücken. Da sind Hunderte von Glassplittern geflogen.«

»Die hätte ich ins Gesicht gekriegt«, sagte Lisa und biß in ein Gummibärchen. »Daniel stand vor mir.«

»Sei froh!« Der Arzt meinte Lisa.

Daniel mußte sein zerfetztes T-Shirt ausziehen.

Der Arzt bepinselte die kleinen Wunden mit Jod.

»Brennt's?«

Daniel wollte antworten, ein Indianer kenne keinen Schmerz, entsann sich aber seiner Rolle als Schlaffi und jaulte wehleidig.

»Ganz schrecklich! Gleich werde ich ohnmächtig.«

Der Arzt hielt das für einen Spaß. »Du doch nicht.«

Meiers Sekretärin brachte ein neues T-Shirt der Größe XXL.

»Ein Geschenk von uns«, erklärte sie freudestrahlend.

Das ist wohl das mindeste, dachte Daniel.

Meier war draußen bei den Feuerwehrleuten.

Auch Polizisten – Uniformierte und Kriminalbeamte – wuselten herum im vierten Stock.

Dann stürmte Lisas Vater herein, gefolgt von Meier. Ebensteyn riß seine Tochter in die Arme und drückte sie an sich für lange Augenblicke.

Beneidenswert, dachte Daniel.

»Papi, ich zittere noch. Ohne Daniel wäre ich tot. Oder mindestens blind. Er stand vor mir und hat alles abgefangen.«

Ebensteyn ergriff Daniels Hand, drückte und schüttelte sie. Er brauchte einen Moment, um mit seiner Rührung fertig zu werden.

»Es hat uns total überrascht«, sagte der Puma. »Zum Glück stand ich zwischen Lisa und der Bombe.«

Sein neues T-Shirt war gelb. Vermutlich hatte die Sekretärin diese Farbe gewählt, damit die Jodflecken nicht auffielen.

»Unsere Experten untersuchen den Explosionsherd«, erklärte Ebensteyn. »Es war TNT. Soviel steht schon fest. Aber nur eine winzige Menge. Sonst wäre das Gebäude eingestürzt. Lisa, Daniel, Philipp – habt ihr euch so weit gesammelt, daß ich euch Fragen stellen kann?«

Die Kids bejahten, und Ebensteyn hörte sie an zur Sache, wollte natürlich wissen, ob sie irgendwas beobachtet hätten: Personen? Verdächtiges Verhalten?

Lisa wußte nichts. Die Jungs verschwiegen, was sie wußten.

Daniel log, ohne rot zu werden, und war gleichzeitig ein bißchen entsetzt über sich. Immerhin blickte er seinem Traum-Schwiegervater ins Auge und verheimlichte ihm die Wahrheit.

Aber mehr als Mike, dachte Daniel, kann er auch nicht bewirken mit seinem technischen Apparat. Doch der Puma kann – kann nämlich loslegen ohne Rücksicht auf Verluste.

»Etwa zehntausend Kunden waren heute bei uns«, sagte Meier. »Auch für unser Personal wird es schwierig sein, sich an irgendwen zu erinnern.«

Ebensteyn nickte.

»Ich hätte nicht geglaubt«, sagte Meier, »daß uns die Weigerung, auf die Erpressung einzugehen, so teuer kommt. Ein gewaltiger Sachschaden. Und die Versicherung wird wieder Schwierigkeiten machen. Immer das gleiche Theater.«

Das Telefon klingelte.

Die Sekretärin aus dem Vorzimmer hatte durchgestellt.

Meier meldete sich, schreckte in seinem Sessel hoch und schaltete sofort die Mithöranlage ein, den nicht zu voluminös klingenden Lautsprecher, der sonst für Konferenzschaltungen genutzt wird.

»Hören Sie mich?« fragte eine stählerne Männerstimme, gleichwohl verzerrt.

»Das ist er«, flüsterte Meier mit der Hand über der Muschel.

»Ja, ich höre Sie«, bestätigte er dann.

»Das Telefon geht also noch, wie?«

»Alles geht. Nur unsere Porzellan-Abteilung ist zerstört.«

»Eigene Schuld. Ich habe Sie gewarnt, Meier. Und jetzt sage ich's noch mal: Ich bombe Ihren Laden kaputt. Entweder Sie zahlen, oder das geht immer so weiter.«

Meier schluckte. »Es könnten Menschen getötet werden.«

»Was sagen Sie mir das? Verhindern Sie's!«

»Ein junger Mann wurde erheblich verletzt.« Meier sah Daniel beschwörend an. Offenbar sollte der seine Kratzer als erheblich einstufen. »Und die Tochter des Polizeipräsidenten auch. Aber nicht so schwer.«

Der Erpresser lachte. Es klang, als hämmere jemand auf Blech.

»Sonst noch wer? Sie wollen mich wohl verarschen? Also, Meier, jetzt kostet es eine Million.«

Der Direktor jaulte auf.

»Das ist zuviel. Alle Umsätze sind rückläufig. Die neue Armut – wir spüren das zuerst. Ich bin ermächtigt, Ihnen eine halbe Million zu geben. Mehr nicht.«

Der Erpresser schien zu überlegen.

»Also gut. Der Mann mit der Geldtasche steigt in den IC 113. Am Samstag. Abfahrt 10 Uhr 05 am Hauptbahnhof. Der Mann soll sich ausrüsten mit einem CB-Sprechfunkgerät und soll es eingeschaltet lassen. Klar?«

»Hab verstanden.«

»Irgendwo auf der Strecke spreche ich ihn an. Er wird dann die Geldtasche an einer bestimmten Stelle aus dem Zug werfen.«

»Ja.«

»Und sagen Sie den Bullen, die wahrscheinlich schon neben Ihnen hocken: keine Tricks. Sonst explodiert die nächste Bombe.

Dann knackte es in der Leitung. Der Erpresser hatte aufgelegt.

Jedenfalls wissen wir nun, dachte Daniel, wann, wo und wie es weitergeht. Und wir werden dabei sein.

Liebste Mama!

Etwa drei Stunden später an diesem Tage machte Magda Unnert in ihrer kleinen Salzburger Wohnung eine fürchterliche Entdeckung.

Sie fand einen Brief ihrer Tochter Marion.

Er lag auf dem Glastisch im Wohnzimmer. Das Kuvert war adressiert mit: Für Mama.

Magda war vierzig, eine schlanke Blondine, und seit der Scheidung von einem Luftikus namens Josef auch alleinerziehende Mutter. Und Magda war hübsch.

Von Marion, der Sechzehnjährigen, konnte man das beim besten Willen nicht behaupten. Sie hatte das Karpfenmaul ihrer Großmutter geerbt und deren riesige Ohren. Außerdem litt Marion unter unreiner Haut, was einerseits zurückzuführen war auf Kummer, andererseits auf eine Fehlernährung mit massenweise Mehlspeisen, wie Kuchen und Torten in Österreich genannt werden.

Aber Marion besaß einen Sachverstand für Malerei und hatte einen verantwortungsvollen Posten inne trotz ihrer Jugend – einen Posten beim berühmten Kunsthändler Risl-Krachkranider.

Magda hatte den Brief ihrer Tochter gelesen und zitterte.

Das konnte nicht wahr sein!

Eine Weile rang sie die Hände. Was tun?

Dann erinnerte sie sich einen etwas dubiosen Herrn, der Frank Leupell hieß. Nun, so verdächtig war er eigentlich auch wieder nicht.

Sie rief ihn an, und er kam.

»Diesen Brief«, Magdas Stimme bebte, »hat meine Tochter zurückgelassen. Eben habe ich ihn gefunden.«

Leupell war achtundzwanzig, groß und dunkelhaarig. Er trug seidene Krawatten und hatte sich in verschiedenen Berufen versucht, bevor er als Detektiv firmierte.

»Ach?«

Magda reichte ihm den Brief. »Ich bin entsetzt. Ich verstehe das nicht.« Leupell rückte an seinem Krawattenknoten, zog den gefalteten Bogen aus dem Kuvert und begann zu lesen.

Er las laut. Vielleicht, um vorzuführen, daß er's konnte. Vielleicht begriff er auch rascher, wenn er die Worte sowohl sah als auch hörte.

»Liebste Mama! Verzeih mir! Du denkst, ich bin zu Lisa Ebensteyn gefahren, meiner Brieffreundin. Aber mit ihr bin ich erst übermorgen verabredet, am Samstag. Und hinfahren werde ich nicht, werde sie niemals kennenlernen. Denn ich mache mich heimlich davon. Ich kann nicht anders. Ich will nicht länger hinter der Gardine stehen und den anderen zuschauen beim Leben. Wenn sie Verabredungen haben, mit Freunden in die Disko gehen oder ins Kaffeehaus. Alle Mädchen haben Freunde. Nur ich nicht. Alle werden geliebt. Nur

ich nicht. Ich bin kein Typ. Deshalb muß ich mir erkaufen, was ich anders nicht kriegen kann. Also habe ich das Geld genommen. Wie du weißt, ist mein Chef, der Herr Risl-Krachkranider, heute mittag verreist. Er kommt erst Montag zurück. Den Schlüssel für den Wandsafe hat er wie immer unter die Teppichkante geschoben in seinem Büro: schräglinks hinter dem Schreibtisch, wo die Fransen schon etwas abgetreten sind. Herr Risl-Krachkranider weiß nicht, daß ich das weiß. Und wenn – dann würde er mir trotzdem vertrauen. Aber er irrt sich. Im Safe waren fünf Millionen Schilling. Jetzt sind sie in meinem Koffer. Ein schöner Anfang für mein wildes Leben. Hoffentlich erwischt mich die Polizei nicht so bald. Dir danke ich für alles. Deine Tochter Marion.«

Leupell ließ das Blatt sinken.

Fünf Millionen Schilling? Das sind ja über siebenhunderttausend DM, dachte er. Das Mädchen langt hin.

»Können Sie mir das erläutern, Frau Unnert?« fragte er – nur, um was zu sagen.

Magda strich sich über die Augen. »Was noch? Der Brief verrät doch alles. Marion ist fast siebzehn. Sie hat im November Geburtstag. Diesmal an einem Sonntag. Und eigentlich wollten wir nach Wien fahren und im Burgtheater... Gott! O Gott! Ich fasse es nicht. Ja, Marion ist ein Mauerblümchen. Und leider, nun, leider etwas mannstoll. Es gab da mal einen Jungen. Aber die Liebelei hat nicht gehalten. Seitdem bildet Marion sich ein, sie wäre ein Anti-Typ. Gewiß, ein Model sieht anders aus. Aber meine Tochter ist sympathisch. Sie gewinnt beim Reden. Sie hat eine liebliche Stimme.«

Fünf Millionen Schilling! Leupell spürte, wie sein Herz schlug.

»Wer ist diese Lisa Ebensteyn?«

»Eine Brieffreundin. Auch so eine Schwärmerin. Aber entmutigend hübsch, wie Marion sagt.«

»Den Brief, Frau Unnert, kann man nur so erklären: Ihre Tochter hat eine Riesensumme gestohlen und ist damit auf der Flucht. Wozu brauchen Sie mich?«

Magda begann zu weinen.

Leupell suchte nach einem Taschentuch, hatte aber keins trotz der Hitze. Lediglich ein seidenes Kavalierstuch steckte in der Brusttasche. Es war vom gleichen Muster wie die Krawatte. Nein, den Set würde er nicht auseinanderreißen – nur damit die Frau in die goldblauen Seidenkaros flennte.

Magda schniefte. »An wen soll ich mich wenden? An die Polizei? Nein! Bitte, finden Sie Marion! Sie sind doch Detektiv. Wenn sie bis Montag früh das Geld unbemerkt zurückgelegt hat, wird alles wieder gut.«

»Hm.«

»Warum zögern Sie?«

»Wo soll ich suchen? Haben Sie einen Anhaltspunkt?«

»Marion schwärmt für Italien. Sie ist ganz wild auf dunkelhaarige Männer.«

»Kennt sie dort jemanden?«

»Ich weiß nicht.«

»Überlegen Sie!«

»Da fiel mal ein Name.«

»Ein italienischer?«

»Silvio.«

»Das ist italienisch. Wie weiter?«

»Weiter weiß ich nichts. Ich hörte nur, wie sie am Telefon sagte: Ach, Silvio, deine Hände sind wie Massageöl auf meiner Haut.«

»Das klingt sehr intim.«

»Dachte ich auch.«

»Haben Sie Ihre Tochter gefragt?«

»Natürlich. Aber sie sagte, sie hätte mit einer Bekannten telefoniert und dabei einen starken Spruch zitiert aus einem Liebesroman.«

»Was aber nicht stimmt?«

»Überhaupt nicht. Ich merkte, daß sie schwindelt. Sie wollte es mir nicht sagen. Das habe ich akzeptiert. Eine Tochter muß Geheimnisse haben vor ihrer Mutter. Deshalb habe ich sie nicht weiter gelöchert mit Fragen.«

»Verstehe. Also gab's da einen Silvio.« Leupell überlegte. Er hatte keine Ahnung, wo er ansetzen sollte. Andererseits – fünf Millionen waren jede Anstrengung wert.

In diesem Moment klingelte das Telefon.

Magda Unnert blickte verwundert. Offenbar erwartete sie keinen Anruf.

Sie nahm den Hörer ab und meldete sich.

Sekunden später färbte sich ihr kummerblasses Gesicht rosig.

»Marion! Marion, mein Kind! Wo bist du?«

Mit einem Schritt war Leupell neben ihr, so daß er mithören konnte.

»... Richtung Innsbruck, Mama!« Eine zittrige Mädchenstimme. »Hast du ... du hast doch sicherlich den Brief gefunden?«

»Natürlich! Marion, ich flehe dich an! Noch kannst du alles ungeschehen machen. Komm zurück!«

Marions Schluchzen drang durch den Draht.

»Marion!«

»Ja, Mama.«

»Hör auf mich, Kind!«

»Ich ... ich dachte, ich könnte so handeln. Ich will

doch auch was haben vom Leben. Aber ich bin dafür nicht gemacht. Ich kann nicht stehlen. Ich halte es nicht durch. Ich komme zurück. In ein paar Stunden bin ich da.«

»Wunderbar, Marion! Ich ...«

Aber die Verbindung war unterbrochen, und Magda verschluckte den Rest.

Strahlend sah sie Leupell an.

»Sie haben es gehört?«

Er nickte. Seine Gedanken schlugen Purzelbäume.

»Sie haben nichts dagegen, Frau Unnert, wenn ich nachher dazukomme? Es kann hilfreich sein für Ihre Tochter.«

Infos aus dem Computer

Ein glutheißer Abend senkte sich auf die Millionenstadt – also auch auf das Loewinger-Anwesen.

Daniel und Philipp saßen im Gartenhaus ›Vogelfrei‹, dem ungestörten Zufluchtsort des Pumas, wo er lieber übernachtet als drüben bei Oma und Opa in der Villa Fiordaliso.

Die Tür von Daniels Bude stand offen. Der Blick ging auf das weitläufige Anwesen. Hinten beim Ententeich stieg Schlurf aus dem Wasser – Schlurf, der Bernhardiner.

Sein Freund Fridolin, der zahme Fuchs, war im Moment nicht zu sehen. Sicherlich wich er der Hitze aus und lag irgendwo im Schatten.

Daniels Großeltern waren bei Bekannten in der Stadt. Der Enkel war also ohne Aufsicht; aber das war kaum ein Unterschied zur sonstigen Situation. Bei aller Liebe, die Robert und Martha Loewinger für Daniel empfinden – sie ließen ihm die Freiheit, die er brauchte.

Ein schwarzer Porsche hielt vorn in der Einfahrt.

Mike stieg aus, Daniels großer Bruder.

Mike ist Kommissar beim LKA, dem Landeskriminalamt, und arbeitet hauptsächlich als Undercover-Agent, als versteckter Ermittler. Er galt als As im Kampf gegen das organisierte Verbrechen.

Schlurf trottete heran und begrüßte Mike. Mike kraulte ihn vorgebeugt und mit ausgestrecktem Arm, denn der weiße Seidenanzug des LKA-Kommissars war nicht geeignet für Tuchfühlung mit dem triefnassen Hund.

Dann kam Mike herein und ließ sich in einen der Sessel fallen.

»Man grüßt, wenn man eintritt«, sagte der Puma.

»Hallo, ihr Kotztypen!«

»Selber hallo!«

Mike sah sich um. »Gibt's nichts zu trinken?«

Daniel deutete auf den kleinen Kühlschrank, der neben seinem schmiedeeisernen Bett stand.

»Buttermilch ist im Kühlschrank.«

»Ich habe nicht gefragt, ob ich mich hier vergiften kann.«

»Alkoholisches gibt's bei mir nicht.«

»Mineralwasser?«

»Weil du mein Gast bist, großer Bruder.«

Daniel stand auf, nahm eine Flasche Pellegrino aus dem Kühlschrank und schenkte ein.

»Also?«

Mike zog einen Zettel aus der Tasche und reichte ihn hinüber zu Zappel.

»Kann ich nicht lesen«, meinte der. »Schreibst du immer so deutlich?«

»Das ist ein Computer-Ausdruck. Aber unser Computer spinnt zur Zeit. Er schreibt die Texte rückwärts, stellt jeden dritten Buchstaben auf den Kopf und setzt immer zwei Zeilen auf eine. Ein Schaltfehler. Oder ein neuartiges Virus, das mehr kann als andere.«

Die Jungs grinsten.

»Hatte unser Hacker-Angriff«, sagte Daniel, »auf eure überlastete Festplatte also doch noch Erfolg. Nun laß mal den Cursor, den beweglichen Lichtfleck, in deinem Gehirn leuchten, großer Bruder. Was hat euer Dialoggerät ausgespuckt?«

Vorhin, gleich nach Verlassen des Kaufhauses, hatte Daniel seinen Bruder angerufen und ihm einen Steckbrief der beiden Verdächtigen durchgesagt.

Mike nickte. »Über den Prolo mit Stirnglatze und Schnauzbart weiß ich nichts.«

»Also kein Vorbestrafter? Und keiner, der ausgeschrieben ist zur Fahndung?«

»Der Prolo ist nicht polizeibekannt.«

»Aber der andere! Der mit dem roten Bullenschädel!«

Mike zog ein Foto aus der Brusttasche und reichte es dem Puma.

»Auch das habe ich ausdrucken lassen. Zum Glück ist es deutlich.«

Daniel starrte den Typ an.

»Die Spitzen seines Mongolenbartes sind etwas länger geworden. Das Gesicht ist fetter. Außerdem trägt er jetzt eine schwarze Lederjacke, in der er vermutlich auch schläft. Also ein uraltes Foto. Immerhin! Wie heißt der holde Knabe?«

»Hubert Froschegger.«

»Frosch wie quack-quack?«

»Wie der Lurch. Froschegger ist neununddreißig, einhundertzweiundachzig Zentimeter groß, hat hellblaue Augen und eine Tätowierung am linken Oberarm. Eine Meerjungfrau mit schuppigem Leib. Der Mann ist vorbestraft wegen schwerer Körperverletzung und räuberischer Erpressung.«

»Wen hat er erpreßt?«

»Einen Privatmann. Hat gedroht, dessen Tochter zu überfallen. Hat hundertausend gefordert und auch erhalten. Der Erpreßte war eingeschüchtert. Doch die Tochter, ein Mädchen von zwölf Jahren, ist dann zur Polizei gegangen und hat Anzeige erstattet. Froschegger wurde gefaßt, das Geld bei ihm gefunden. Der Erpreßte hatte in Fünfhundertern gezahlt und sich einige Seriennummern notiert. Das hat sich abgespielt vor elf Jahren. Seitdem wurde Froschegger nicht mehr auffällig. Allerdings ist er untergetaucht. Adresse unbekannt.«

»Inzwischen hat er in Hamburg ein Kaufhaus erpreßt«, sagte Daniel. »Und jetzt heizt er dem SUPERKLOTZ ein.«

Mike beobachtete seinen jüngeren Bruder.

»Du magst ihn nicht.«

»Wie kommst du darauf? Ich würde mich für ihn zerreißen.«

»Seine Bombe hat euch beinahe zerrissen. Dich und Lisa. Deine Angebetete hat zwei oder gar drei Tröpfchen Blut verloren. Das nimmst du ihm übel, vermute ich.«

Daniels Gesicht war jetzt hart wie eine Steinplastik.

»Du vermutest richtig.«

»Wir drei wissen also jetzt: Er ist hier. Der Puma will und wird ihn dingfest machen. Richtig? Aber unser Rechtsstaat erwartet, daß du Froschegger in einem Stück bei Ebensteyn ablieferst. Klar? Das bitte ich mir aus, Daniel. Sonst pfusche ich dem Puma dazwischen, und das LKA wird nach Froschegger fahnden.«

»Ebensteyn kriegt ihn lebend. Das verspreche ich.«

Mike war zufrieden. »Ich nehme an, ihr werdet im Intercity 113 sein, wenn der am Samstagabend abfährt?«

Daniel nickte. »Zappel und ich haben CB-Sprechfunkgeräte. Der Erpresser wird sich irgendwo an der Strecke postieren. Eine Menge Möglichkeiten. Denn der IC rattert vierhundert Kilometer runter, bevor er wieder zurückkommt. Wenn die Geldtasche aus dem Wagen fliegt, werden auch wir aussteigen. Natürlich auf der anderen Seite. Nicht auf der Wurfseite. Dann krallt sich der Puma den Typ.«

»Ich habe mich mit Ebensteyn kurzgeschlossen. Vier seiner Leute und zwei von uns werden im Zug sein. Die machen dann das gleiche wie ihr.«

»Hoffentlich behindern wir uns nicht gegenseitig«, grinste Zappel. »Acht Mann springen aus dem Zug. Einer fliegt dem andern um die Ohren. Und der Erpresser läßt sich nicht blicken.«

»Auch wenn er die Geldtasche verschmäht, weil er Lunte riecht, kriegen wir ihn.« Daniel schlug die Fäuste aneinander. »Wir beide jedenfalls. Denn wir wissen ja, wie er aussieht.«

»Ich überlege mir«, sagte Mike, »ob ich mitfahre. Aber Samstag ist mein freier Tag, und Jessica hat Theaterkarten.«

»Schon wieder eine neue Freundin?« fragte Daniel.

»Nicht unbedingt neu. Vor zwei Jahren waren wir schon mal zusammen. Aber nur ganz kurz. Inzwischen habe ich mich in ihrer Erinnerung vergoldet.«

»Michael Loewinger, der Goldjunge«, sagte Zappel.

»Dann stießen sie an, die drei Freunde, mit ihren Mineralwasser-Gläsern.

Marion Unnert kam zurück mit dem Zug. Es mußte der letzte sein an diesem Tage. Leupell berechnete das und stellte sich rechtzeitig ein in der Wohnung von Magda, der Mutter.

Marion sah nicht so schlimm aus, wie man aufgrund ihres Briefes hätte vermuten können. Leupell war angenehm überrascht. Er sagte sich aber, daß er unter anderem – nämlich weniger geldigen – Umständen von ihr keine Notiz genommen hätte.

Jetzt vibrierten Marions Nerven, und alles Elend der Welt schien sich auf ihren Schultern zu türmen.

Entsetzt mußte sie feststellen, daß ihre Mutter einen Detektiv engagiert hatte.

Leupell lächelte und war bemüht, nicht zu schmierig zu wirken.

»Eine jugendliche Torheit«, sagte er gespreizt. »Jeder dreht mal durch. Ich einmal pro Woche, haha. Hauptsache, Sie sind zurückgekehrt, Marion. Und das Geld haben Sie doch noch?« Er wies auf ihren Koffer.

Sie nickte. »Alles. Keinen Schilling habe ich ausgegeben. Keinen Groschen.«

Sein Blick glitt immer wieder zu ihren Händen.

Sie waren gepflegt, die Nägel ungewöhnlich lang und knallrot. Der des linken Zeigefingers war offenbar abgebrochen und nun kurzgefeilt.

»Du mußt das Geld zurücklegen«, sagte Magda.

Marion nickte. Auch Leupell nickte. Aber dazu mußte er sich zwingen.

»Nun fahre ich doch noch zu Lisa Ebensteyn«, sagte Marion. »Sie erwartet mich Samstag früh. Will mich abholen vom Bahnhof. Aber wohnen werde ich ja bei Tante Olga. Himmel, ist das lange her, seit ich sie das letzte Mal gesehen habe.«

»Jahre«, Magda nickte.

Den Detektiv Leupell interessierte das nicht. Er bastelte an einer Idee. Dazu gehörte, daß er jetzt mit seinem Blick tief eintauchte in Marions Augen.

Sie erwiderte dieses stumme Signal.

Magda merkte nichts davon. Und wenn – dann hätte sie sich darüber gefreut.

Zu zweit auf der Kamikaza

Der Samstag versprach, ein glutheißer Tag zu werden. Heißer als gestern und vorgestern.

Manch einer stöhnte deshalb. Daniel, der Puma, stöhnte nicht mit. Ihm ist jedes Wetter recht. Man kann sich ja einrichten.

Dazu gehörte, daß er sein beinhartes Vo-Vi-Nam-Training in die frühesten Morgenstunden verlegte. Weil da der Ozon-Smog noch nicht so scharf in die Lungen beißt.

Um 7 Uhr 32 war der Puma dann geduscht, trug ein wasserblaues T-Shirt zu weißen Bermudas und seine ebenfalls weiße Basketballmütze. Er hatte gefrühstückt.

Halbwegs maskiert mit einer riesigen Ray-Ban-Sonnenbrille, preschte er auf seiner Kamikaza zum Hauptbahnhof, kam rechtzeitig an und fand einen Parkplatz für seinen Feuerbolzen.

Eigentlich spinne ich, dachte er. Aber was soll's. Ich wäre nicht Lisas heimlicher Verehrer, wenn ich eine Gelegenheit ausließe. Eine Gelegenheit, sie zu sehen.

Und das nicht nur auf dem Pausenhof in der Penne.

Der Hauptbahnhof brodelte schon. Ferienzeit. Reisezeit. Es gibt immer noch Nichtflieger, die eine Anreise auf dem Schienenstrang bevorzugen. Außerdem sind zum Wochenende Kurzreisen angesagt – und die tropischen Temperaturen beim Stau auf der Autobahn nicht jedermanns Sache.

Daniel zickzackte, hinkend natürlich, durch das Gewühl, entdeckte eine Ankunftstafel und machte sich schlau, was den ICE aus Salzburg betraf.

Der wurde um 8 Uhr 05 auf Gleis 21 erwartet und war sicherlich pünktlich. Denn von einer Verspätung wußte die Dame am Lautsprecher nichts.

Daniel hinkte los. Er sah Lisa schon von weitem und spürte mehr Herzklopfen als vorhin beim Training.

Alles zog ihn zu Gleis 21, trotzdem schlug er einen Bogen zum Ausland-Presse-Kiosk und erstand drei Zeitungen: die römische *La Republica*, die polnische *Gazeta Wyborcza* und die Londoner *The Times*.

Mit diesem Paket unterm Arm sohlte er scheinbar zufällig an Gleis 21 vorbei. Lisa trug eine violette Bluse. Die untere Hälfte des Mädchens wurde umweht von einem weißen langen Rock mit sommerlicher Transparenz. Aber zu durchsichtig, fand Daniel, war er nicht.

Lisa schritt auf und ab, war frisch und voller Pep, hatte keinen Schaden genommen bei der Explosion im Kaufhaus.

»Hallo, Lisa!«

Sie drehte sich um.

»Bist du das, Daniel, hinter der Riesenbrille?«

Er nahm sie ab.

»Hat mir mein Opa geschenkt. Willst du verreisen?«

»Erst in zwei Wochen. Mit meinen Eltern. Nach Kreta. Jetzt hole ich Marion ab. Habe ich doch erzählt.«

»Ja, richtig.«

»Und du?«

»Ich habe nur die Zeitungen besorgt.«

Er zeigte sie.

»Kannst du Polnisch und Italienisch?« fragte Lisa erstaunt.

»Ich lese die Times. Ist hilfreich fürs Schulenglisch. Opa spricht Polnisch und Russisch. Gelegentlich frischt er das auf. Und Oma«, er lachte, »was wäre sie ohne ihr Italien. Natürlich beherrscht sie auch die Sprache.«

»Ich weiß. Eine große Opernsängerin muß Italienisch können. Die schönsten Opern sind dort entstanden.«

Daniel pflichtete ihr bei und fragte dann: »Alles gut überstanden? Ich meine die Explosion.«

»In beiden Nächten habe ich davon geträumt. Ich hoffe, das verliert sich. Du warst auch dabei. Hast riesige Gesteinsbrocken abgekriegt. Die flogen wie Tennisbälle. Aber du hast sie abgewehrt mit den Händen. Hast wirklich alles getan, um mich zu schützen.«

»Täte ich bestimmt.«

Lisa blickte zu Boden. Das Thema schien ihr peinlich zu werden.

Einerseits war sie Daniel verpflichtet. Er hatte sie – obschon zufällig – vor unabsehbarem gesundheitlichen Schaden bewahrt. Andererseits sollte daraus keine zu große Vertraulichkeit werden. Der Gedanke war für Lisa absurd. Sie, das umschwärmteste Mädchen der Schule. Und er, der Prügelknabe für jedermann, der Schlaffi. Außerdem hatte sie ihr Herz längst an den Puma verloren. Daniel überlegte, womit er sein Verweilen noch rechtfertigen konnte. Ihm fiel nichts ein.

Aber da rückte auch schon der große Zeiger der Bahnhofsuhr auf 8 Uhr 05; die Gleise vibrierten; eine Durchsage warnte vor der Bahnsteigkante. Der ICE lief ein.

Lisa postierte sich dort, wo alle Ankommenden vorbei mußten.

Daniel blieb bei ihr stehen, obwohl ihm Lisa nun ihre Aufmerksamkeit entzog.

Der Blick suchte unter den Leuten, die aus dem langen, schönen Zug quollen; und auch der Puma spähte durch seine Sonnenbrille nach einem sechzehnjährigen Mädchen.

»Vielleicht entdecke ich sie, Lisa. Wie sieht sie denn aus?«

»So.«

Sie zog ein Foto aus der Rocktasche und hielt es ihm hin. Ein Mädchen, das wie achtzehn wirkte. Keine Schönheit. Säuerliches Lächeln.

Und das ist bestimmt eins ihrer vorteilhaftesten Bilder, dachte er. Wahrscheinlich wird sie vom Schlag getroffen bei Lisas Anblick. Oder Marion ist neidfrei. Aber das ist eher selten bei den Weibern – und überhaupt.

»Wo ist sie denn?« fragte Lisa beunruhigt.

»Vielleicht sind noch nicht alle ausgestiegen.«

»Hast recht. Der Zug endet hier. Da kann sie sich Zeit lassen.«

Sie warteten.

Der Bahnsteig von Gleis 21 hatte sich geleert. Jetzt ging der Zugführer vorbei; dann kamen zwei Uniformierte, die ähnlich aussahen wie er, deren Rang aber dem Puma nicht geläufig war. Jedenfalls handelte es sich um Begleitpersonal.

Dann waren nur noch drei Personen auf dem Bahnsteig: Lisa, Daniel und ein Mann, der offensichtlich das gleiche Problem hatte.

Auch er spähte, wandte den Kopf, lief an den Abteilen entlang, blickte in die Fenster, verharrte vorm Aussichtswagen, dann vorm Zugrestaurant und kam schließlich zurück, kopfschüttelnd.

Sein Gesicht war verkniffen. Er wirkte hektisch und schwitzte.

Komischer Typ! dachte Daniel.

Der Mann mochte Mitte Dreißig sein, war so groß wie der Puma und schlank. Ein hageres Gesicht mit gelblicher Haut, spitzem Kinn und ebensolchen Backenknochen. Schmale Augen. Das schwarze Haar war in der Mitte gescheitelt. Ein Gesicht, das sich einprägte, aber keins, das man mochte.

Langsam trollte er sich in Richtung Halle, sah aber immer wieder zurück.

»Das verstehe ich nicht«, meinte Lisa. »Mit diesem Zug wollte sie kommen. Sie hat gestern noch angerufen.«

»Aber sie wird nicht bei dir wohnen, sagtest du.«

»Bei ihrer Tante Olga Plessendorf.«

»Du weißt die Adresse?«

»Grünkernallee 34.«

»Wo ist das?«

»Draußen in Rönkendorf.«

»Am besten wäre: hinfahren und nachfragen. Vielleicht ist sie schon dort. Oder Tante Olga weiß was von plötzlicher Programmänderung.«

Lisa nickte. »Aber die Busverbindung nach Rönkendorf – die kannst du vergessen.«

Es war einer der südlichen Vororte, gediegen und schön.

Die Versuchung trat an Daniel heran. Sie wühlte ihn auf. Offiziell fuhr er, der Schlaffie, mit einem alten Damenrad. Das paßte zu ihm. Durfte er offenbaren, daß er auch eine 1000er Kamikaza bändigen kann wie ein Cowboy den Mustang?

»Ich könnte dich hinfahren, Lisa. Aber du darfst mich nicht verraten.«

»Soll ich mich bei deiner Tretmühle auf den Gepäckträger setzen?«

Das klang herablassend.

»Würde ich dir nie zumuten. Außerdem wäre das unbequem. Nein, ich habe draußen einen ziemlich heißen Feuerstuhl.«

»Einen was?«

»Eine schwere Maschine. Sie gehört meinem Bruder«, schwindelte er. »Mike hat sie abgestellt bei uns auf dem Anwesen. Heimlich benutze ich sie. Mike darf das nicht wissen, Oma und Opa schon gar nicht. Und natürlich darf man mich auch nicht ertappen. Aber ich kann umgehen mit dem Gerät.«

Lisa sah ihn an. »Das ist nicht wahr!«

»Warum nicht?«

»Du – und eine schwere Maschine? Das glaube ich nicht.«

»Komm mit!«

Sie verließen das Bahnhofsgelände. Die Sonne brannte. Der Asphalt weichte bereits auf. An jeder Straßenecke wurde Eis verkauft, und die Kinder trugen Mützen als Sonnenschutz.

Die schwarze Kamikaza stand da wie ein Symbol aus der Welt harter Männer.

Lisa umrundete sie, staunend.

»Und mit der fährst du?«

Der Puma lächelte bescheiden.

»Du nimmst meinen Helm, Lisa. Mir genügt das Cap.«

Er schob die Maschine von der Raststütze, startete und saß auf. Hinter ihm grätschte Lisa auf den Sozius. Ihr weiter Rock ließ Beinfreiheit. Das Mädchen hatte Daniels schweren Helm aufgesetzt, und die silberblonde Mähne quoll unter dem Rand hervor.

Daniel fuhr los; seine heimliche Liebe hielt sich an ihm fest.

Er widerstand der Versuchung, seine Fähigkeiten als Pilot vorzuführen, sondern fuhr manierlich und strikt im Rahmen der Verkehrsordnung. Aber natürlich fuhr er lässig und absolut cool.

»Ich fasse es nicht«, rief sie ihm ins Ohr. »Du kannst es tatsächlich.«

»Wenn wir erwischt werden, muß dein Vater ein gutes Wort für mich einlegen.«

»Ich werde sagen, ich hätte dich verführt – angestiftet, meine ich. Weil mir die Busverbindung zu umständlich ist. Dabei bringen wir gleich Kritik an am Verkehrsverbund.«

»Müssen wir auch. Wir sind die Steuerzahler von morgen. Morgen ist das hier unsere Stadt. Die Verhältnisse, die wir morgen vorfinden werden, müssen wir schon heute beeinflussen.«

»Sage ich meinem Papi jeden Tag. Denk daran, sage ich, daß ich auch später in dieser Stadt leben möchte. Aber er tut ja sein Bestes. Gegen Kriminalität ist nun mal kein Kraut gewachsen. Verbrecher wird es immer geben. Egal, was sie dazu gemacht hat. Männer wie mein Vater reiben sich dann auf in ihrem Job. Aber«, sie seufzte, was ein warmer Luftstrom war an Daniels Ohr, »es gibt ja außer ihm noch den Puma.«

Du hältst dich gerade an seiner Taille fest, dachte Daniel – und wäre am liebsten immer weiter gefahren mit seiner Co-Pilotin, mindestens bis ans Ende der Welt.

Aber sie fuhren nach Rönkendorf – um nachzuforschen, warum Lisas Brieffreundin nicht angekommen war.

Meinerts Verhängnis

Daß ihm Angstschweiß über den Körper lief, merkte nur er selbst.

Menschen füllten den Hauptbahnhof, eine quirlende Menge. Aber niemand achtete auf den anderen. Keiner würde sich an Jochen Meinert erinnern.

Er reckte den Kopf, während sich der Zug langsam leerte. Wo war da ein sechzehnjähriges Mädchen?

Er kannte Marion Unnert nicht, hatte aber bei Tante Olga ein Foto gesehen – das eines eher unattraktiven, gleichwohl frühreifen Teenies.

Dort! Gott sei Dank – nein, war sie nicht.

Meinert fuhr sich mit der Hand über sein knochiges Gesicht. Kinn und Backenknochen schienen durch die Haut zu spießen. Aus dunklem Haar tropfte Schweiß.

Der ICE aus Salzburg war nun leer, der Bahnsteig auch – bis auf das hübsche, blonde Mädchen und seinen athletischen Begleiter.

Meinert wandte sich zum Gehen.

Also doch nicht, dachte er. Ihr Tod ist aufgeschoben. Als wüßte das Schicksal, daß ich's nicht gern tue. Aber ich muß es tun. Marion Unnert wird mit einem späteren Zug eintreffen, und dann bin ich ihr Empfang. Sie wird abgeholt von ihrem Mörder.

Wie sich das alles entwickelt hatte! Unglaublich!

Die schwindende Sehkraft seiner Tante Olga Plessendorf. Damit hing alles zusammen. Daraus war der Plan entstanden.

Achthundertfünfzehntausend Mark hatte es ihm eingebracht. Aber nun stand Entdeckung bevor, und er mußte töten, um die Katastrophe abzuwenden. Oder gab es eine andere Möglichkeit? Höchstens die, das Mädchen zu seiner Komplizin zu machen. Nun ja, in ihrer Todesangst würde sie's versprechen. Aber dann?

Nein, dachte er. Dieses Risiko kann ich nicht eingehen.

Olga Plessendorf war einundsiebzig, seit langem verwitwet und gesundheitlich angegriffen. Nicht nur wegen der Augen.

Seit einem halben Menschenleben bewohnte sie die feudale Villa in Rönkendorf. Ihr, Olgas, Mann war Kunsthändler gewesen, hatte Schätze hinterlassen und ein enormes Vermögen.

Die Verwandtschaft war weggestorben oder so fremd geworden – wie Magda Unnert in Salzburg –, daß Erbschaft nicht in Betracht kam.

Nur er, Jochen Meinert, durfte in Vorfreude schwelgen. Er wohnte bei Olga, und er war auch immer ihr Lieblingsneffe gewesen, seltsamerweise. Denn ein schwarzes Schaf konnte nicht schwärzer sein als er. Da waren beträchtliche Vorstrafen wegen Betrugs. Da war eine Gefängnisstrafe. Da war seine Hinwendung zum kriminellen Milieu.

Aber Olga war nun mal vernarrt in Jochen Meinert.

Vielleicht wegen seiner äußeren Ähnlichkeit mit ihrem verstorbenen Mann. Auch der Kunsthändler war kein Adonis gewesen, hatte das gleiche spitze Kinn gehabt und die mongolischen Backenknochen. Innerlich allerdings ein anderes Format als der labile Neffe.

Auch Meinert besaß Kunstverstand. Und er hoffte, daß er nach Olgas Ableben erben würde. Vielleicht alles? Vielleicht erhielt Marion Unnert einen geringen Anteil. Das würde von dem Eindruck abhängen, den sie bei ihrem einwöchigen Besuch hinterließ. Der sollte heute beginnen.

Für ihn, Meinert, war dieses Mädchen – der die Hinwendung zum Kunsthändlerischen offenbar im Blut lag – eine Katastrophe.

Wegen dem, was sich abgespielt hatte in aller Heimlichkeit.

Himmel, er hatte das nicht gewollt.

Hatte er nicht behutsam angefragt bei seiner Tante, ob denn ein kleiner Vorgriff erlaubt sei – aufs Erbe?

Erschreckend ihre Reaktion. Nämlich schroffe Ablehnung. Und die versteckte Drohung, ein Großteil des Vermögens könne auch wohltätigen Zwecken zufließen. Nichts ging. Die verdammte Alte rückte nichts raus.

Aber das Obergeschoß der Villa, wo niemand hinkam außer Olga und der türkischen Putzfrau, war ein – Kunstmuseum.

Zwei Dutzend Gemälde von Weltruf hingen hinter der Galerie und in dem Flur, der zu Olgas Schlafzimmer und den beiden Gästezimmern führte.

Olga war halbblind. Im Haus und auf dem Grundstück fand sie sich zurecht. Aber Einzelheiten nahm sie nicht mehr wahr. Sie konnte nur noch geschwätzigen Fernsehfilmen folgen, hörte lieber Musik oder Hörspiel-CDs. Lesen war nicht mehr möglich. Und das Bestaunen großer Gemälde schon gar nicht.

Also hatte Meinert gehandelt.

Er hatte die Kunstwerke eins nach dem anderen aus dem Rahmen gelöst, heimlich, und verhökert. Mit bitterem Preisnachlaß an dubiose Galeristen. An Typen, die vor jedem Reibach auf die Knie fallen. Natürlich ließ Meinert die Rahmen nicht leer.

Er brachte selbstverfertigte Farbfotos – zum Teil großformatige – der Kunstwerke an.

Das mußte sein wegen Makbule, der türkischen Putzfrau. Konnte die ein Ölgemälde von einem Mattglanz-Foto unterscheiden? Offenbar nicht. Denn gemerkt hatte sie nichts.

Meinerts Geschäfte machten sich. Und der Ausverkauf von Olgas Kunstwerken stand bevor. Denn Meinert besaß eine Reihe unseliger Leidenschaften, die dazu führten, daß er alles Geld sofort verballerte. Der Spielteufel im Nacken war noch der gnädigste Feind. Also geriet der spitzknochige Neffe immer tiefer in den Schlamassel; und jedes Mittel wurde ihm recht, um irgendwie an Geld zu kommen.

Dann bahnte sich das Unglück an.

Magda Unnert aus Salzburg meldete sich, die entfernte Verwandte. Ihre Tochter Marion würde gern kommen zu einem kurzen Besuch. Wegen einer Freundin hier in der Stadt. Doch wohnen wollte diese Marion bei der Tante.

Und zu allem Unglück: Marion arbeitete in der Kunstbranche, kannte sich aus in der Malerei. Natürlich würde das Mädchen sofort entdecken, daß die Rahmen nur noch Fotos enthielten. Und sie würde die Tante fragen, was denn aus den erhabenen Kunstschätzen geworden sei, aus Plessendorfs Nachlaß.

Meinert sah nur einen Ausweg: Es durfte nicht dazu kommen, daß Marion die Villa betrat. Er würde das Mädchen abfangen und beseitigen.

Jetzt kehrte er zurück vom Hauptbahnhof und war nervös wegen unverrichteter Dinge.

Olga war im Salon: eine magere Dame mit strenger Miene und geradem Rücken. Sie litt weder an Knochenschwund noch an mangelnder Disziplin. Auch zu Hause trug sie reichlich Schmuck und kleidete sich mindestens zweimal am Tag um. Jetzt trug sie ein graues Kostüm mit weißer Bluse; und die Hitze schien der Frau nichts anzuhaben.

»Seid ihr da?«

Sie kam in die Diele. »Ich bin allein, Tante Olga.«

Meinert horchte seiner Stimme nach. Klang sie wie immer?

»Habt ihr euch verfehlt?«

»Sie war nicht im Zug.«

»Wie bitte? Das ist unmöglich.«

»Ich habe jedes Mädchen angestarrt. Ich wurde schon auffällig. Marion war nicht dabei.«

»Ihr müßt euch verfehlt haben. Dann kommt sie mit dem Taxi.«

»Ich glaube nicht.«

»Wir werden sehen.«

Olga zog sich wieder zurück in den Silber-Salon. So genannt, weil dort die Vitrinen silberne Antiquitäten enthielten. Olga hörte Radio. Im allgemeinen durfte man sie nicht dabei stören.

Meinert trat auf die Terrasse und setzte sich unter die bunte Markise.

Während er in den Garten starrte, hing er unerfreulichen Gedanken nach.

Der heutige Tag enthielt volles Programm. Eigentlich seltsam. Manchmal drehte Meinert wochenlang Däumchen, hing herum in seinem Ingenieurs-Büro ohne Aufträge, langweilte sich. Nur das nächtliche Zocken in Spielhöllen – so er über Geld verfügte – bot Abwechslung.

Aber heute!

Nicht mal für eine Pokerrunde hätte er Zeit gehabt.

Nachher, am frühen Nachmittag, würde er seinen Besuch machen in der Landesstrafanstalt Kitterstetten-Gnastlohe. In vierzig Minuten war sie mit dem Wagen zu erreichen. Heinz-Werner Weber, der Lebenslängliche, hatte ihm geschrieben, hatte dringlichst gebeten, ihn zu besuchen – heute. Weil heute Sprechzeit war.

Meinert kannte Weber, genannt Salamander, aus seiner eigenen Strafzeit. Für ein halbes Jahr hatte er die benachbarte Zelle gehabt. Und tagsüber – nach dem Aufschluß – bei der Arbeit in der Schreinerei, beim Volleyballspiel auf dem Hof und bei Tisch hatten sie sich zusammengetan. Eine Knastfreundschaft, entstanden durch Zufall.

Dann wurden beide entlassen, und Meinert hatte es bis heute vermieden, wieder hinter Gittern zu landen.

Sie trafen sich. Aber zu der nächsten Verabredung dann war Weber nicht erschienen. Die Bullen hatten ihn bei einem ganz großen Ding erwischt.

Meinert las davon in der Zeitung, verfolgte auch den Prozeß. Weber erhielt Lebenslänglich. Damit wurde er gestrichen aus Meinerts Bewußtsein. Doch dann, nämlich vorgestern, kam der Brief.

Um zwei Uhr muß ich los, dachte Meinert. Verdammt!

Bis dahin muß ich die Sache mit dem Mädchen hinter mir haben. Wenn die Göre einen späteren Zug nimmt – nicht auszudenken! Auch danach habe ich Action. Und was für eine! Hubert zieht seinen Coup durch, und ich bin dabei. Dieser Hubert hieß mit vollem Namen Hubert Froschegger, war aber aus gutem Grund in eine andere Identität geschlüpft und besaß nun Papiere auf den Namen Klaus Frowinkl.

Seine Spezialität war Erpressung in großem Stil.

Warten auf Marion

Rönkendorf. Grünkernallee.

Daniel fuhr langsam an der Hecke entlang, die Nummer 34 gegen die stille Straße abschirmte. Er fühlte Lisas Hände an den Hüften. Seine große Liebe hielt sich locker fest. Einmal hatte sie sich gegen ihn gelehnt, als er bei der Süpdorfer Straße zu schnell in die Kurve ging. Und Lisas Kopf – obschon unterm Helm – hatte sich auf seine Schulter gepreßt.

Ich muß auf dem Teppich bleiben, dachte er. Es hat nichts zu bedeuten. Aber es ist das tollste Feeling seit der Erfindung der Liebe.

Er hielt, und beide stiegen ab.

»Bist toll gefahren, Daniel.«

Sie nannte ihn Daniel, nicht Schlaffi. Er hob die Schultern.

»Macht die Übung. Mike benutzt die Maschine nur selten. Er fährt seinen Porsche. Und ich kann nicht widerstehen.«

Er verschwieg, daß er eine Fahrerlaubnis besaß – ausgestellt vom LKA-Chefingenieur, der Mikes jüngeren

Bruder auf Herz und Nieren geprüft hatte.

Das sollte Lisa nicht wissen. Die offizielle Bestätigung hätte nicht zum Schlaffi gepaßt. Außerdem war es ein wohliges Gefühl, in Lisa nun eine heimliche Mitwisserin zu haben – fast eine Komplizin.

Sie wird mich nicht verraten, dachte er. Also haben wir zwei ein Geheimnis.

Lisa stand am Tor und spähte auf das Grundstück. Etwas entfernt von Daniels Maschine parkte ein grauer VW.

Eine imposante Villa. Der Garten wurde offensichtlich von einem Gärtner gepflegt, war bepflanzt mit Ziersträuchern und Rosenstöcken. Alles war fachmännisch beschnitten.

An der Südseite des Hauses, wohin man von hier aus nicht einsehen konnte, lag eine Terrasse. Der Rand war noch im Blickfeld, ebenso ein Streifen der rotweißen Markise.

Lisa hatte geklingelt. Im Haus bellte eine harsche Frauenstimme.

»Jochen! Sieh mal nach! Ich glaube, Marion kommt.« Auf der Terrasse wurde ein Stuhl geschurrt. Dann kam Jochen um die Ecke – mit schwitzendem Gesicht, das zwar einprägsam war, aber wenig sympathisch.

Der Typ vom Bahnhof, dachte Daniel. Aha! Hat dort also auch auf das Mädchen gelauert. Vergebens, wie wir.

Er kam zur Pforte.

»Ja?«

Daniel öffnete schon den Mund, aber Lisa kam ihm zuvor.

»Ich bin Lisa Ebensteyn, Marion Unnerts Brieffreundin. Sie wissen sicherlich: Marion will heute kommen. Mir sagte sie, sie würde fünf nach acht den ICE nehmen. Aber sie ist nicht gekommen. Nun möchte ich Frau Plessendorf fragen, ob hier was bekannt ist. Übrigens: Das ist mein ... Schulkamerad Daniel Loewinger.«

Der Puma nickte Spitzkinn zu, und der nickte zurück – so knapp wie ein General bei schlechter Laune.

»Ich bin Jochen Meinert«, stellte er sich vor. »Ich wohne hier und war auch auf dem Bahnhof, um Marion abzuholen. Tante Olga – ich meine, Frau Plessendorf – wußte nicht, daß Marion was anderes mit dir vereinbart hat.«

»Nicht direkt«, sagte Lisa.

Daniel blickte zu der älteren Dame, die aus dem Haus trat.

»Jochen! Ist Lisa nun gekommen?«

Offenbar kurzsichtig, dachte Daniel.

Dann redete Lisa mit Frau Plessendorf, und die Situation klärte sich.

Tante Olga war freundlich. Sie bat die Kids herein.

In einem Salon mit Vitrinen, in denen viel Silber stand – mengenmäßig der Ertrag einer Silbermine –, durften die beiden Platz nehmen.

»Mir ist nichts bekannt«, sagte Olga Plessendorf, »ob sich Marions Ankunft verschiebt.«

»Der nächste Zug aus Richtung Salzburg«, wußte Lisa, »kommt erst um fünf nach zwei.«

Daniel sah, wie Meinert zusammenzuckte. Was verunsicherte ihn am nächsten Zug?

»Wir klären das«, sagte Olga energisch. »Jochen, bring das Telefon! Ich rufe Magda an. Marions Mutter«, fügte sie erklärend hinzu. Meinert flitzte los und brachte einen altmodischen Apparat an langer Schnur. Er wirkte vorsintflutlich im Vergleich zu schnurlosen Handys.

Olga hatte offensichtlich sehr schwache Augen. Aber wählen konnte sie, ohne sich zu vertun.

Die Verbindung kam zustande.

»Guten Tag, Magda. Hier ist Olga. Wie geht's? Danke, mir auch. Nur die Augen. Das ist weniger das Alter. Das ist leider Veranlagung. Aber man kann nicht alles haben, und ich höre noch gut. Nein, das Rheuma ist besser geworden. Aber Gallensteine habe ich nun. Operieren lasse ich die erst später. So schlimm sind die Schmerzen nicht. Sag mal! Deine Marion wollte doch mit dem ICE kommen, der um fünf nach acht hier eintrifft...

Nein, ihre Freundin Lisa und deren Freund Daniel haben vergeblich gewartet. Und mein Jochen auch. Marion ist nicht eingetroffen. Wie? Sie hat den Nachtzug genommen? Bist du sicher? Ja ja, schon gut. Wird schon nichts passiert sein. Ein so großes Mädchen fällt nicht aus dem Zug. Nein, das ist kein Grund, die Polizei einzuschalten. Bestimmt kommt Marion noch. Warten wir mal ab. Wenigstens bis zum Abend. Sobald sie hier ist, verständige ich dich. Bis dahin...«

Olga legte auf.

»Ihr habt mitgehört?«

Alle nickten.

»Diese jungen Mädchen von heute!« Olga schüttelte den Kopf. »Sicherlich macht sie irgendwo Zwischenstation. Bei einer anderen Freundin. Oder bei einem Freund. Das ist doch kein Grund zur Panik. Aber es ist unhöflich. Damit stößt sie uns vor den Kopf: Lisa und mich. Denn Marion hat ausdrücklich angekündigt, sie käme mit dem Frühzug. Magda sagt, sie habe den Nachtzug ab Salzburg genommen.«

Daniel stand auf.

»Wie Sie schon sagten, Frau Plessendorf: Wir müssen abwarten. Wir melden uns wieder. Besten Dank und auf Wiedersehen! Komm, Lisa.«

Der war der etwas überstürzte Aufbruch nicht recht. Aber sie verabschiedete sich und folgte Daniel.

Bei der Kamikaza sagte Lisa vorwurfsvoll: »Dich läßt das vielleicht kalt. Mich aber nicht. Ich kenne Marion aus ihren Briefen. Sie ist total zuverlässig. Sie würde eine nächtliche Reise nicht unterbrechen. Und wenn, dann hätte sie längst angerufen oder ein Telegramm geschickt, von woher auch immer. Nein, Daniel, da ist was passiert. Wie müssen Marion als vermißt betrachten. Ein sechzehnjähriges Mädchen wird vermißt.«

Der Puma nickte. »So sehe ich das auch.«

»Aber du bist einfach gegangen.«

»Weil Tante Olga und Meinert bei Nachforschungen nur hinderlich wären. Die Frau ist das Rumkommandieren gewöhnt – er ein linkischer Duckmäuser, dem ich aber nicht trauen würde, wenn's darauf ankäme.«

»Ja, und?«

»Du hast Marions Telefonnummer?«

»Habe ich.«

»Wir rufen Marions Mutter noch mal an und fragen etwas genauer.«

»Das wäre eher was für meinen Papi und...«

»Laß es uns machen, Lisa. Dein Vater hat andere Sorgen. Er muß diese Stadt sauber halten – so gut das noch geht.«

»Also meinetwegen.«

Bevor sie abfuhren, blickte Daniel über das niedrige Tor der Einfahrt in den nördlichen Teil des Gartens.

Beete waren dort angelegt, phantasievoll und schön.
Besonders eins erregte Aufmerksamkeit. Es lag zwischen zwei Ulmen, war kein eigentliches Beet, sondern eine bepflanzte Schale: sehr lang, schmal, mit hochgezogenen Kanten.

Erst auf den zweiten Blick offenbarte sich: Man hatte ein großes Kanu, einen sogenannten Kanadier, in den Boden versenkt, jedenfalls eingegraben zu halber Höhe. Und der Innenraum des Kanus diente als Blumenschale. Das Holz moderte nicht. Vermutlich war es entsprechend präpariert.

Tolle Idee! dachte der Puma. Müßte ich Opa vorschlagen. Ob er eine seiner Oldtimer-Flugmaschinen dafür hergibt und zweckentfremdet? Ein Witz? Nie! Bis zum letzten Blutstropfen würde er sein Museum verteidigen.

Das war auch gut so. Denn Robert Loewingers privates Flugzeug-Museum war eine Top-Show. Und das richtige Hobby für den pensionierten Flugkapitän.

»Wohin fährst du?« fragte Lisa und klammerte sich an Daniel fest. Denn er fuhr schneller als vorhin.

»Zu mir. Oder? Ich habe Telefon in meiner Bude.«

Während der Fahrt überlegte er: Wie sieht's aus im Gartenhaus? Habe ich aufgeräumt? Ist das Bett gemacht?

Soweit er sich entsinnen konnte, sah alles halbwegs zivilisiert aus. Und wenn nicht . . . Um Himmels willen! Das Foto!

Der Schreck durchfuhr ihn. Er zuckte zusammen.

Aber Lisa hielt das offenbar für ein Schlagloch und rückte etwas dichter an sein athletisches Kreuz.

Das Foto zeigte Lisa. Daniel hatte sie herausgeschnitten aus einem Schulfoto: aus einer Gruppe von Mädchen bei einem Schulfest. Lisa lächelte in die Kamera, und der Liebreiz von Daniels heimlicher Liebe hatte sich dem Objektiv mitgeteilt.

Herzlos hatte der Puma die anderen Mädchen weggeschnippelt und Lisas Konterfrei dann vergrößern lassen. Das Ergebnis war wie ein Porträt. Ein silberner Rahmen faßte es ein; und dieses anbetungswürdige Bildnis stand nun neben Daniels Bett auf dem Nachttisch.

Am allgemeinen schob er es tagsüber in die Schublade zwischen seine T-Shirts. Erst abends wurde es hervorgeholt und aufgestellt. Denn der letzte Blick vor dem Einschlafen galt selbstverständlich ihr – ebenso morgens der erste ...

Aber heute – da war sich der Puma ganz sicher – hatte er das gerahmte Foto nicht weggeräumt.

Ich muß vor ihr im Vogelfrei sein, dachte er. Unter einem Vorwand. Unbedingt!

Wie auf Kohlen saß er auf seinem Feuerbolzen, während bei Lisa Freude aufkam an dieser Art Fortbewegung.

»Du! So ein Motorrad ist Klasse.«

»Finde ich ja auch.«

»Wann machst du den Führerschein?«

»Sobald ... äh ... es erlaubt ist.«

»Gut.«

»Ich nehme dich gern jederzeit mit.«

Sie lachte. »Erst wenn du den Führerschein hast. Vorher möchte ich nicht dabei sein, wenn du erwischt wirst.«

»Klar. In deiner Position wäre das nicht zu entschuldigen. Darfst deinem Vater keinen Kummer machen. Ich glaube, du bist sein ein und alles.«

»Mami auch. Meine Eltern führen eine tolle Ehe. Sie sind vorbildlich für mich. So will ich später mal leben.«

»Mit dem richtigen Mann wird es dir gelingen.«

»Mit wem sonst?«

»Auch meine Eltern haben sich wunderbar verstanden. Eine große Liebe. Ich war noch zu klein damals, um das richtig zu begreifen. Aber heute ist mir klar. Was mir meine Großeltern erzählen, trägt dazu bei. Sie schönen nichts. Sie sind ehrlich.«

»Wie sind deine Eltern umgekommen?«

»Flugzeugabsturz. In der Maschine war eine Bombe. Terrorismus. Es gibt nur dürftige Hinweise auf die Täter.«

Und diese Unterlagen, dachte er, hat Mike in seinem Safe. Wo ich jederzeit ran kann. Eines Tages werde ich sie finden, diese Mörder. Auch Mike ist ständig auf der Suche nach ihnen. Aber der Terrorismus reicht weltweit. Das größte und maschenreichste Netz aller Zeiten. Um da fündig zu werden, muß man Geduld haben und unendliche Audauer.

»Meine Eltern«, sagte er, »wollten ihren fünfzehnten Hochzeitstag feiern. Den kristallenen – wie man sagt. Eine kleine Hochzeitsreise war angesagt. Aus Liebe, sagt Oma. Für fünf Tage wollten sie nach Venedig. Mein Vater war Tropenmediziner und hielt sich gerade in Kairo auf. Meine Mutter holte ihn ab. Sie wollten nach Rom fliegen, und von dort aus ... Zehn Minuten nach dem Start ist die Maschine über dem östlichen Mittelmeer explodiert.«

»Das tut mir leid«, sagte Lisa leise.

»Ich war völlig kaputt. Ich dachte, ich packe es nicht. Aber irgendwann geht das Leben weiter, und Oma und Opa sind wie Eltern zu mir. Über ein Jahr bin ich jetzt bei ihnen. Gleich nach dem Unglück haben sie mich hergeholt. Auch die Totenfeier war hier. Meine Eltern haben kein Grab. Aber auf dem Friedhof ist ein Gedenkstein gesetzt. Ich sorge dafür, daß dort immer frische Blumen stehen.«

Sie erreichten das Loewinger-Anwesen.

Daniel fuhr zur Garage, parkte daneben; und Lisa legte den Helm auf den Soziussitz.

»Du weißt ja, wo ich hause«, lächelte Daniel. »Ich laufe mal voraus. Muß erst sehen, ob bei mir Chaos herrscht oder ob ich dich reinbitten kann.«

»Das ist doch egal«, rief sie.

Aber er hinkte eilig voran und fand gerade noch Zeit, in seinem Gartenhaus ›Vogelfrei‹ Lisas Porträt zu verstecken. Dann kam sie auch schon herein, unbefangen und fröhlich.

»Für einen Single«, lachte sie und sah sich um, »sieht es recht ordentlich aus. Schläfst du immer hier?«

»Immer.«

Er bot ihr Platz an, setzte sich neben sie auf die Couch und zog das Telefon heran. »Diktierst du mir die Nummer?«

Während er wählte, kam Kater Bimbo zur offenen Tür herein, begrüßte Daniel mit vernehmlichem Schnurren und steil aufgerichtetem Schwanz, drückte sich dann an Lisas Beine und wollte gestreichelt werden. Lisa war begeistert von ihm und nahm ihn auf den Schoß.

»Unnert«, meldete sich eine Frauenstimme am anderen Ende der Leitung.

»Mein Name ist Daniel Loewinger«, erklärte der Puma. »Ich rufe an wegen Marion. Lisa Ebensteyn sitzt neben mir. Wir waren dabei, als Frau Plessendorf Sie anrief, Frau Unnert. Wir sind nun doch etwas besorgt und machen uns Gedanken. Wie Sie ja wissen, ist Lisa die Tochter des Polizeipräsidenten. Dr. Ebensteyn würde sicherlich sofort nach Marion suchen lassen, falls sich das als nötig erweist. Aber zunächst haben wir ein paar Fragen.«

»Ich bin auch schon voller Angst. Denn Marion hat doch gerade ... aber das ... äh ... hat damit nichts zu tun. Trotzdem wundere ich mich, daß sich Herr Leupell nicht meldet. Sonst ist er meistens erreichbar.«

»Wer ist Herr Leupell?«

»Ein ... ein Bekannter.«

»Weshalb führen Sie ihn an?«

»Weil ... aber das ist eine andere Sache.«

Darauf komme ich später noch mal zurück, dachte Daniel. Statt dessen fragte er: »Ist Marion allein abgereist?«

»Das denke ich doch.«

»Haben sie Ihre Tochter zum Bahnhof gebracht?«

»Nein, sie ist mit dem Taxi gefahren. Allein. Ich war schon zu müde.«

»Könnte sie vielleicht doch einen Begleiter haben?«

»Ich weiß nicht.«

»Hat sie einen Freund?«

»Eigentlich nicht.«

»Eigentlich?«

»Es gab da wohl mal einen gewissen Silvio.«

»Marions Freund?«

»Ich vermute es.«

»Was wissen Sie über ihn?«

»Buchstäblich nichts.«

»Aber Sie sind ihm begegnet?«

»Nie. Und ich wollte Marion nicht ausfragen, obwohl wir uns gut verstehen. Sie sollte es mir von sich aus sagen. Aber das hat sie nicht getan. Glauben Sie, daß dieser Silvio irgendwas zu tun hat mit Marions ... Verspätung?«

»Darüber läßt sich jetzt noch nichts sagen, Frau Unnert. Wer ist Leupell?«

»Ein Detektiv.«

»Kennen Sie ihn privat oder beruflich?«

»Wie meinen Sie?«

»Hat er als Detektiv für Sie gearbeitet?«

»Eigentlich nicht.«

»Also doch.« Daniel seufzte. »Frau Unnert, ich frage sie nicht aus Neugier. Ich möchte rausfinden, weshalb Marion hier nicht angekommen ist.«

»Ich wollte Herrn Leupell in einer persönlichen Sache um seine Hilfe bitten. Aber das erwies sich als unnötig, bevor es dazu kam.«

»Hm. Hat es was mit Marion zu tun?«

Stille in der Leitung.

Daniel spürte, wie die Frau mit sich rang.

»Darüber möchte ich nicht sprechen«, sagte sie dann.

Also etwas Schwerwiegendes, dachte Daniel. Verdammt, warum macht sie nicht den Mund auf?

»Bitte, glauben Sie mir«, sagte Magda Unnert. »Diese Sache steht in keinem Zusammenhang mit Marions Reise zu Lisa Ebensteyn.«

»Also gut. Wahrscheinlich müssen wir abwarten. Nur noch eins: Wie heißt Leupell mit Vornamen?«

»Franz, glaube ich. Nein, Frank. Ja, Frank.«

»Wir melden uns, Frau Unnert. Ich soll grüßen von Lisa. Wiederhören!«

Er legte auf.

Lisa saß so dicht neben ihm, daß sie Magda Unnerts Antworten verstanden hatte.

»Das hat nicht viel geholfen, Daniel. Wir sind so klug wie vorher.«

Nicht ganz, dachte er. Etwas klüger schon. Jedenfalls sehe ich einen Ansatzpunkt für Ermittlungen. Doch er nickte.

»Wir müssen abwarten.«

Sie sah zur Uhr.

»Fährst du mich nach Hause? Meine Mami wartet. Sie weiß ja noch gar nichts.«

»Aber ich halte nicht vor eurer Einfahrt, sondern ein bißchen entfernt. Es muß ja nicht sein, daß ich von unserem verehrten Polizeipräsidenten gesehen werde.«

»Alles klar.«

Lisa lächelte.

Todesfall Silvio Farca

Nachdem Daniel seine heimliche Liebe heimgebracht hatte, holte er Zappel ab, seinen Freund.

Dem blieb die Spucke weg, als er hörte, was sich da angebahnt hatte zwischen dem Puma und Lisa.

»Ich mache mir nichts vor«, dämpfte Daniel sein eigenes Hochgefühl. »Denn die Sache hat aus Lisas Sicht nichts zu bedeuten. Die Situation hat uns zusammengedrängt. Wir sind ein Stück Motorrad gefahren und haben ein bißchen ermittelt. Sonst war nichts. Und weiter geht es auch nicht. Denn in der Sache Marion Unnert ist jetzt der Puma gefragt, und dem kann ich Lisa nicht an die Seite stellen.«

Zappel nickte. »Trotzdem! Du müßtest dich sehen. Du siehst aus, als wärst du Weltmeister geworden – worin auch immer.«

»Klar bin ich high.«

»High! Das ist es. Aus deinen Augen sprüht Feuer. Besonders aus dem linken.«

»Blödsinn!«

»Wir forschen also nach Marion?«

»Es könnte sein, daß sie Hilfe braucht. Außerdem ist sie Lisas Freundin.«

»Darf ich dich daran erinnern, daß wir außerdem nach dem Erpresser suchen? Nach dem roten Bullenschädel, der dich und Lisa beinahe umgebracht hat?«

»Na und? Zwei Ermittlungen. Das kriegen wir doch locker in die Reihe. Allein natürlich nicht. Aber wozu hat man Freunde? Und vor allem: einen großen Bruder?«

»Der tritt uns sonstwohin, wenn wir ihn schon wieder behelligen.«

»Das riskiere ich.«

Philipp setzte seinen roten Schutzhelm auf und nahm Lisas Platz ein hinter Daniel.

Auch der Puma trug jetzt Helm. Seinen eigenen, den schwarzen. Er duftete noch nach Lisa, nach ihrer Haut, ihrem Haar. Und eben hatte Daniel ein langes, silberblondes Haar vom Rand abgepflückt, hatte es zusammengedreht und in sein Taschentuch gesteckt.

Sie fuhren ins Zentrum der Millionenstadt.

Dort, an einer belebten Ecke der City, steht ein hoher Wohnturm, vorbehalten handverlesenen Mietern.

Mike bewohnt ein Apartment im fünfzehnten Stock. Von dort reicht der Blick über die Dächer in scheinbar unendliche Ferne.

Bei Unwettern schwankt der Turm etwas. Aber Mike ist schwindelfrei und vertraut auf die Bausubstanz und darauf, daß das Gebäude nicht umkippt.

Sie hatten geklingelt. Der LKA-Kommissar meldete sich durch die Gegensprechanlage. Er klang ein bißchen nervös. Aber darauf nahm der kleine Bruder keine Rücksicht.

Er und Zappel fuhren mit dem Fahrstuhl hinauf.

Im fünfzehnten Stock stand Mikes Wohnungstür offen. Sie traten ein.

»Ich habe nicht viel Zeit«, rief Mike aus dem Bad. »Ich muß nach Kitterstetten-Gnastlohe. Also verabschiedet euch.«

»Wohin mußt du?« rief Daniel.

»In die Landesstrafanstalt.«

»Für wie lange?«

»Was?«

»Haben sie dich endlich erwischt? Für wie lange mußt du einsitzen?«

»Haha!« meinte Mike. Er kam aus dem Bad und knöpfte sein Hemd zu. »Was ich da zu erledigen habe, bewegt sich in der Größenordnung von drei Millionen Mark. Soviel hat nämlich ein gewisser Heinz-Werner Weber, genannt Salamander, bei seinem mörderischen Coup erbeutet. Der Mistkerl knastet nun lebenslänglich. Aber das Geld ist verschwunden. Er behauptet, er hätte es nicht mehr besessen bei seiner Verhaftung. Natürlich eine Lüge. Aber der Salamander hat Stehvermögen. Der sagt nichts. Selbstverständlich wird er den Kies nicht vermodern lassen, sondern irgendwie anwenden. Das muß verhindert – und das Geld gefunden – werden. Dazu habe ich eine Idee. Und Schnettl erwartet mich.«

»Wer?«

»Der Direktor der Strafanstalt.«

»Am Donnerstag hast du uns erzählt, du hättest heute deinen freien Tag.«

»Das dachte ich auch. Aber die Umstände sind anders. Und der Salamander kriegt heute nachmittag Besuch. Während der Sprechzeit. Da hängt der Hammer, begriffen?«

»Was sagt Jessica?«

»Sie weint.«

»Und die Theaterkarten?«

»Bis dahin bin ich zurück.«

»Bevor du losfährst, großer Bruder, leihst du uns noch dein Ohr.«

»Ihr habt eine Minute.«

Daniel sah Zappel an. »Dieser Wichtigtuer. Was sind drei Millionen gegen ein junges Mädchen? Ja«, wandte er sich an Mike, »unser Problem ist weiblich, sechzehn, blond und vermißt. Da muß dir doch das Herz schmerzen.«

»Ich kriege Bauchweh, wenn ich euch sehe. Du hast noch fünfzehn Sekunden.«

Daniel ließ sich nieder auf die Couch. Auch Zappel setzte sich. Mike blieb stehen.

Sein kleiner Bruder berichtete, ausführlich und in aller Ruhe. Wußte er doch: Bis Kitterstetten-Gnastlohe fuhr man keine Stunde. Mike mit seinem Porsche würde es in einer halben schaffen. Und die Besuchszeit für Knastis war dort immer erst nachmittags.

»... möchten wir von dir eigentlich nur«, schloß Daniel seine Rede, »daß du dich mal rasch informierst in eurem allwissenden LKA. Erstens: Ist ein Frank Leupell aus Salzburg, ein Privatdetektiv, polizeibekannt? Zweitens: Gibt es Unterlagen über einen Silvio aus Salzburg, der vielleicht was zu tun hat mit dem Mädchen? Ich weiß, ich weiß. Wir machen den Wind nur, weil wir wenig wissen über Marion. Aber das geheimnisvolle Getue ihrer Mutter, was Leupell betrifft, ist verdächtig.«

»Wahrscheinlich ist die Kleine inzwischen bei Tante Olga.«

Daniel stand auf, trat zum Telefon, suchte die Plessendorf-Rufnummer aus dem Telefonbuch und rief an.

Meinert meldete sich.

»Hier Daniel Loewinger. Ist Marion angekommen?«

»Nein, leider nicht.«

»Danke, Wiederhören.« Der Puma legte auf. »Mike, sie war nicht im Zug. Und der nächste aus Salzburg trifft erst am Nachmittag ein. Also kann sie inzwischen nicht gekommen sein. Ich habe nur angerufen, um deinen Eifer ein bißchen anzustacheln. Bei deinem Diensteid hast du doch mitgemurmelt, daß du allen Opfern helfen willst.«

»Laß mich mal ans Rohr.«

Mike rief beim LKA an und ließ sich verbinden mit einem Kollegen, den er Gert nannte.

Dem trug er seine Anliegen vor und blieb dann am Apparat.

Es dauerte eine Weile. Dann hatte Gert die Computer ausgeforscht. Mike hörte sich das Ergebnis an, dankte und legte auf.

»Über einen Frank Leupell wissen wir nichts. Also keine Vorstrafen und keine Verdachtsmomente.«

»Aber?«

»Eure Angaben über den geheimnisvollen Freund von Marion Unnert sind natürlich umwerfend.«

»Was meinst du?«

»Umwerfend üppig. Zwei Anhaltspunkte. Ein Vorname. Und eine Stadt. Silvio aus Salzburg.«

»Ist doch besser, als wüßten wir gar nichts. Weder Vornamen noch Stadt.«

»Da hast du allerdings recht.«

»Und?«

»So spärlich eure Angaben auch sind – das LKA kann selbst damit etwas anfangen.«

»Weil ihr die größten seid. Die größten ... Kriminalisten. Wir hören.«

»Eine frische Meldung«, sagte Mike. »Jedenfalls noch nicht abgestanden. Sie lief ein in der Nacht zum Freitag. Eine Meldung für alle LKA, auch fürs BKA – weil wir ja jetzt unser schönes rundes Europa haben. Ohne Grenzen. Deshalb teilt ein Land dem andern Land alles mit.«

»Nett von den Ländern. Die Meldung kommt also aus einem europäischen Ausland?«

»Aus Österreich.«

»Wäre ich nie drauf gekommen.«

»Die Meldung betrifft einen gewissen Silvio Farca. Ob das euer Silvio ist, weiß ich natürlich nicht. Er war neunundzwanzig, ein gutaussehender Bursche.«

»Er war ...?«

Mike nickte. »Jetzt ist er tot. Vermutlich seit Donnerstag. Seit dem späten Nachmittag oder so. Ganz genau weiß man das nicht. Farcas Wagen stand in einem Seitental des Inntals, ziemlich in der Nähe von Innsbruck. Das Seitental ist klein und unbekannt. Es heißt Ratzlschneisen-Tal. Farcas Wagen hat ein Salzburger Kennzeichen. Der Wagen war leer. Die Gendarmerie fand das verdächtig und forschte nach. Und siehe: Unweit davon entdeckte man Farcas Leichnam. Er lag zerschmettert auf dem Grund einer Schlucht, an der das Ratzlschneisen-Tal endet. Die Schlucht scheint schaurig zu sein und hat oben eine Steilkante. Über die ist Silvio Farca gestürzt.«

»Oder gestürzt worden?«

»Das weiß man noch nicht.«

»Aber man vermutet es. Oder nehmt ihr jeden europäischen Todesfall auf in euren Computer?«

»Natürlich nicht.«

»Es gibt einen Hinweis auf ein Verbrechen. Farca ist unten in der Schlucht rücklings gelandet. Seine Vorderseite ist ziemlich unbeschädigt. Bis auf das linke Auge. Das ist verletzt. Man entdeckte dort einen Splitter roten Nagellacks. Und den hat sich Farca nicht selbst reingestoßen in die Regenbogenhaut.«

»Uih!«

»Erste Nachforschungen ergaben: Farca war eine Art Mädchenhändler. Mit Wohnsitz in Salzburg.«

»Ein Glück, daß Mozart schon tot ist. Der könnte nicht mehr komponieren vor Gram über den Verfall seiner Stadt.«

»Farca hatte offenbar internationale Beziehungen, und man nimmt nun an, daß er von einer weiblichen Person in die Schlucht gestoßen wurde. Eine Bahnstation ist in der Nähe. Jedenfalls kann man sie zu Fuß erreichen. Und der Beamte erinnert sich an eine sehr junge Frau – vielleicht war's ein Mädchen, ein später Teenie. Jedenfalls hat diese weibliche Person am Donnerstag, spätnachmittags, eine Fahrkarte bei ihm gelöst. Nach Salzburg. Eine genauere Personenbeschreibung kann der Mann nicht geben. Aber ihm fiel auf, daß die Frau seelisch aufgewühlt war. Verängstigt, verstört. Irgendwas in der Richtung.«

Daniel war enttäuscht.

»Ich sehe da keinen Zusammenhang, keine Verbindung zu Marion Unnert.«

Mike hob die Schultern.

»Einen anderen Silvio kann ich euch nicht anbieten.«

»Jedenfalls wird unser Dank dir nachschleichen, wird

dich die ganze Woche verfolgen. Viel Spaß in der Knastburg!«

»Und ob das ein Spaß wird. Weshalb hältst du einen Zusammenhang für unmöglich?«

»Du wärst meiner Meinung, wenn du Marions Foto kennen würdest. An ihr vergreift sich kein Mädchenhändler. Da gibt es heißere Hasen.«

»Dann müßt ihr warten, bis sie ankommt.«

»Genau das tun wir. Tschüs!«

Fluchtgefahr

Jochen Meinert riskierte nichts.

Um 14 Uhr 05 – bei der Ankunft des nächsten ICE aus Salzburg – war er wieder auf dem Bahnsteig bei Gleis 21.

Doch auch diesmal war Marion Unnert nicht unter den Reisenden.

Rätselhaft! Sollte ihr was zugestoßen sein – was Tödliches? Na, dann um so besser! Dann brauchte er sich die Hände nicht schmutzig zu machen.

Er äugte umher. Hielt Ausschau nach Lisa Ebensteyn und ihrem Freund – oder was auch immer der war –, konnte aber die beiden nicht entdecken. Sie waren nicht hier.

Meinert warf sich in seinen braunen VW und preschte los.

Noch vor 15 Uhr erreichte er die Landesstrafanstalt in Klitterstetten-Gnastlohe. Um 15 Uhr 12 saß er seinem ehemaligen Freund gegenüber: Heinz-Werner Weber, genannt Salamander.

Seine Haut hatte ihm den Spitznamen eingetragen.

Sie war zwar nicht in gelbe und schwarze Flächen aufgeteilt, aber immerhin in helle und dunkle Abschnitte, als hätte es bei der Pigmentierung Pannen gegeben. Auch das Gesicht erinnerte entfernt an eine Echse.

Es war das erste Mal, daß Meinert ihn hier besuchte. Sie saßen vor und hinter einer Trennscheibe. Körperlicher Kontakt war ausgeschlossen, kein Händedruck möglich.

Weber lächelte dumpf. Er fühlte sich zu Unrecht verurteilt. Aber er war ein Räuber und Mörder.

Er hatte gnadenlos gehandelt, hatte einen Geldtransporter überfallen und die beiden Fahrer erschossen. Mildernde Umstände kamen für ihn nicht in Betracht.

Wer hätte das vermutet bei ihm, der zuvor nur ein Kleinkrimineller gewesen war, allerdings mit zahlreichen Vorstrafen.

»Hallo, Meinert«, sagte er. »Nett, daß du kommst.«

»Ist doch klar.«

»Hast du Jutta mal gesehen?«

»Jutta?«

Meinert mußte nachdenken. Dann fiel ihm ein, wen Weber meinte.

Meinert war der Frau nur einmal begegnet. Weber hatte sie heiß verehrt und begehrt. Vielleicht hatte er den letzten Coup nur ihretwegen verübt. Um endlich ans große Geld zu kommen. Aber Meinert war sicher, daß sie nichts davon gewußt hatte – und es auch nicht gewollt hätte.

Sie war eine sanfte, hübsche Person, ahnungslos. In ihren Augen war Weber kein Verbrecher gewesen, sondern jemand, den man zurückführen mußte auf den rechten Weg. Von den Abgründen in Webers Charakter hatte sie nichts bemerkt.

Meinert wußte: Es war eine innige Beziehung gewesen bis zum Zeitpunkt des Überfalls. Und Jutta Giesen würde wohl nie verstehen, wie es zu dem Ungeheuerlichen hatte kommen können.

»Nein.« Meinert schüttelte den Kopf. »Bin ihr nicht mehr begegnet.«

»Sie ist die einzige, die mir je was bedeutet hat.«

»Du hängst noch an ihr?«

Weber lächelte schief. »Davon habe ich was, wie?«

»Das kann ich nicht beurteilen.«

»Man braucht was zum Träumen.«

»Klar.«

Meinert blickte zu dem Justizbeamten. Der Uniformierte schien zu dösen.

Mithören konnte der, wenn sie leise sprachen, nicht.

»Wenn du jemals zu Geld kämst«, sagte Weber, müßtest du was für sie tun.«

»Für Jutta?«

»Von der rede ich.«

Meinert spürte ein Kribbeln im Nacken. Lief es darauf hinaus? Lenkte Weber das Gespräch in verschlüsselter Weise auf seine Millionenbeute, die ihm in den Tagen vor seiner Festnahme angeblich abhanden gekommen war? »Klar, Weber. Täte ich.«

Sie sahen sich an.

Webers Blick war hart.

Meinert nickte mit Nachdruck. »Ich wünschte, Meinert, ich könnte unter vier Augen mit dir reden. Richtig unter vier Augen. Damit meine ich nicht den Plönke dort. Der Justizbulle ist in Ordnung. Aber wir werden abgehört.«

»Was?« Meinert erschrak, und das war nicht gespielt.

»Ja. Wir werden heimlich abgehört. Die denken doch

noch immer, ich hätte das Geld. Die wollen einfach nicht glauben, daß man drei Millionen verlieren kann. Verlieren auf der Flucht.«

»Die sind noch nie geflohen.«

Meinert grinste.

Weber starrte ihn an, beschwörend. Abrupt wechselte er dann das Thema.

»Weißt du, was am schlimmsten für mich ist?«

»Was?«

»Daß ich die kleinen Dinge entbehren muß.«

»Aha.«

»Lektüre, zum Beispiel.«

»Seit wann liest du?«

»Früher nicht. Jetzt um so lieber.«

»Ich lese nur Zeitung.«

Weber blieb beim Thema. »Natürlich gibt es hier eine Bibliothek. Aber nicht die Bücher, die ich immer wieder lesen würde. Ausgenommen meinen Lieblingskrimi. Der ist da.«

»Ach?«

»*Fluchtgefahr* von William Capland. Kennst du den?«

Meinert schüttelte den Kopf. »Ich lese keine Krimis.«

»*Fluchtgefahr* ist echt gut.«

Er will mir was sagen, dachte Meinert. Er verschlüsselt es. Plant er Flucht? Nein. Unmöglich. Hier ist noch nie einer rausgekommen. Also meint er das Geld. Ich soll es holen und dann teilen mit der Frau. Mit Jutta Giesen. Aber gern, herzlich gern. Nur muß ich wissen, wo es ist. Steht das in dem Krimi?

Meinert hob unmerklich die Schultern.

»Du bist ein echter Freund«, Weber grinste. »Auf dich kann ich mich verlassen. Würdest du was für mich erledigen?«

»Wenn ich kann.«

»Du kannst. Es ist eigentlich läppisch. Aber ich will reinen Tisch machen.«

»Wobei?«

»Ich habe Schulden hinterlassen. Spielschulden. Ist dir ja vertraut, wie? Bei mir sind's zwar keine großen Beträge. Trotzdem ist es mir peinlich.«

»Verstehe.«

»Es war meine letzte Pokerrunde. Etwa eine Woche vor der Sache. Eine Pokerrunde mit Detlef, Achim und Angelo. Du kennst sie ja.«

Meinert hatte keine Ahnung, aber er nickte.

»Ich entsinne mich genau an die Beträge, die ich schulde«, fuhr Weber fort. »Detlef kriegt hunderteinundzwanzig Mark. Achim neunzehn und Angelo fünf. Hunderteinundzwanzig und neunzehn und fünf! Klar? Erledigst du das für mich?«

»Selbstverständlich.«

»Ich danke dir. Und denk an Jutta!«

»Mache ich. Kannst beruhigt sein.«

»Besuch mich in vier Wochen.«

»Bis dahin, Weber. Halt die Ohren steif!«

Meinert mußte sich zwingen, langsam zu gehen. Nur jetzt nicht auffallen!

Er hatte den Hinweis verstanden. O ja!

Endlich lag die Strafanstalt hinter ihm.

Der Parkplatz. Der Wagen. Es war immer noch heiß. Hitzewelle in Mitteleuropa. Die Blätter verfärbten sich früh in diesem Jahr. Die Abwiegler hielten das für normal – hatte man ja immer schon gehabt. Kein Grund, die Umweltverschutzung zu stoppen. Kein Grund für

Geschwindigkeitsbegrenzungen oder gar Fahrverbote, wenn die Ozonwerte Rekordhöhen erreichten.

Die Warner und Hysteriker sahen das anders. Für sie ging die Welt morgen unter; und vorher würde die Menschheit noch am Hautkrebs sterben.

Zum Teufel, dachte Meinert, mit den einen wie den anderen! Mich interessiert nur: *Fluchtgefahr!*

Heute war langer Samstag. Die Geschäfte hatten offen. Er konnte es noch schaffen.

Kitterstetten-Gnastlohe ist eine Kleinstadt.

Meinert fand eine Buchhandlung am Marktplatz. Gerade wollte man schließen.

»Ich suche einen bestimmten Krimi«, erklärte er. »Fluchtgefahr von William Capland. Sie haben ihn?«

»Aber ja«, erklärte die Buchhändlerin. »Noch ein Exemplar. Nur noch eins. Das ist nämlich ein heimlicher Bestseller. Es erscheint schon in dritter Auflage.«

Es war ein dickformatiges Taschenbuch.

Meinert setzte sich in das Café am Marktplatz, wählte einen Tisch im Hintergrund und beäugte die anderen Gäste.

Ein paar alte Tanten, einige Teenies. Nein, er wurde nicht beobachtet.

Die Serviererin brachte ihm Espresso und Mineralwasser.

»Bitte, der Herr!«

Zitternd schlug Meinert das Buch auf.

Seite 121! Zeile 19! Das fünfte Wort!

... herbstgraue ...

Was sollte das heißen?

Er las die ganze Zeile: ... kräuselte der Wind die herbstgraue Wasserfläche.

Na und? Wo war da ein Geldversteck? Unter Wasser?

Das konnte sonstwo sein. Unauffindbar. So ging's nicht.

Oder hatte er den Hinweis falsch verstanden?

Wie er's auch drehte – es ergab keinen Sinn. Da war kein Hinweis auf das Geldversteck.

Verstrickungen

In Schnettls Büro war es angenehm kühl. Die Schreibtischplatte hatte einen ledernen Überzug. Der sah gewachst aus und roch auch so.

Mike und der Direktor der Landesstrafanstalt hatten sich die Tonband-Aufzeichnung angehört. Die heimliche Aufzeichnung des Gesprächs zwischen Weber und Meinert.

»Dazu hätten Sie mich nicht gebraucht«, sagte Mike. »Man muß ja an dem Buch hängen bleiben. Weber ist leichtsinnig. Oder hält er uns für blöd?«

»Seite Hunderteinundzwanzig«, nickte Schnettl. »Ja, der hält uns für blöd. Das fünfte Wort in der neunzehnten Zeile. Bin gespannt, was wir gleich hören.«

Er hatte einen Justizbeamten in die Anstalts-Bibliothek geschickt.

Der Mann kam jetzt zurück und legte das Buch auf den Schreibtisch seines Vorgesetzten.

Sieht völlig neu aus, dachte Mike verwundert. Gehen die Knastis so pfleglich mit Büchern um?

»Es ist sonderbar, Herr Direktor«, meinte der Beamte.

»Wann will Weber das Buch gelesen haben? Es wurde gestern erst angeschafft.«

»Gestern?«

»Sagte mir Krause, der die Bibliothek verwaltet. Fluchtgefahr wurde noch nicht ausgeliehen.«

Mike hatte Seite einhunderteinundzwanzig und die Textstelle gelesen.

»Ergibt keinen Sinn«, meinte er und las laut vor. »Jedenfalls keinen Sinn hinsichtlich des Geldverstecks.«

Schnettl schüttelte entgeistert den Kopf.

»Kann ich diesen Krause mal sprechen?« fragte Mike.

Es handelt sich um einen Insassen, der zu sechs Jahren verurteilt war wegen Sittlichkeits-Delikten.

Der Wachtmeister holte ihn. Krause war ein geduckter Endfünfziger mit eingesunkenen Augen. Er nahm eine Haltung an, als lege er die Hände an die Hosennaht.

Mike wies auf das Buch.

»Sie haben es gestern in die Liste aufgenommen?«

»Jawohl, gestern.«

»Und es wurde wirklich noch nicht ausgeliehen?«

»Dieses Exemplar nicht.«

»Gibt es noch ein zweites?«

»Das alte. Es war so zerrissen, daß ich's aussortieren mußte. Obwohl ich sehr sparsam mit Staatsgeldern umgehe. Wirklich. Aber es fehlen etliche Seiten, und der Einband hing in Fetzen.«

»Danke, Krause!« sagte Mike; und der Häftling schob ab.

»Erklärt das was?« fragte Schnettl.

»Heinz-Werner Weber kennt das Buch wirklich. Aber der Hinweis wird dadurch nicht deutlicher. Ich kann mir nur eins vorstellen: Der Zahlencode muß anders angewendet werden. Weber und Meinert kennen sich von früher. Sie haben eingesessen und gemeinsam ihre Strafen verbüßt. Sie wurden fast gleichzeitig entlassen.«

»Ja und?«

»Ich vermute, sie haben eine Formel vereinbart. Die kennt nur Meinert. Und er wendet sie an bei den drei Zahlen. Eine Addition, eine Subtraktion, eine Multiplikation – wer weiß.«

»Dieser Meinert wird sich das Geld holen. Er soll Webers ehemalige Freundin beteiligen, wird aber selbst nicht schlecht abschneiden. Damit bin ich raus der Sache. Das ist nun allein Aufgabe des LKA, Ihre, Herr Loewinger. Meinert observieren und darauf warten, daß er Sie zu dem Geld führt.«

»So ist es.«

Mike verabschiedete sich.

In seinem Porsche herrschten fünfzig Grad Hitze.

Während Mike über die Autobahn zur Großstadt zurückpreschte, hob sich der Name Meinert aus seiner Erinnerung – aus einer Information, die er vorhin erst erhalten hatte. Vorhin? Also von Daniel?

Hatte der nicht von einem Meinert gesprochen, der bei seiner Tante Olga herumhing und Marion Unnert ebenfalls hatte abholen sollen?

Nun, Meinert war kein seltener Name. Trotzdem beschloß Mike, seinen kleinen Bruder zu fragen.

Das Sonnenlicht wurde braunstichig, der Nachmittag rückte vor.

Im Gartenhaus ›Vogelfrei‹ floß Mineralwasser in Strömen. Zappel stellte eben sein Glas ab.

»Wenn wir nicht soviel ausschwitzen würden, hätten wir Wasserbäuche und würden platzen.«

»Man muß viel trinken bei Hitze«, sagte Daniel und legte sein CB-Funkgerät beiseite.

Er und Zappel bereiteten sich vor. Heute abend durfte es keine Panne geben – vor allem keine technische.

Die Jungs hatten ihre Ausrüstung überprüft. Alles war in Ordnung.

Die Eingangstür stand offen.

Daniel hörte den Porsche, der soeben aufs Grundstück fuhr und bei den Garagen hielt.

»Ich glaube, Mike kommt.«

»Dann haben sie ihn doch wieder rausgelassen aus der Knastburg.« Zappel grinste.

Der LKA-Undercover-Agent stürmte herein, bremste dann seine Eile und ließ sich, verschwitzt, wie er war, auf einen Sessel nieder.

»Hallo, Jungs.«

»Er grüßt«, sagte Daniel. »Er hat dazugelernt an guten Manieren. Hallo, großer Bruder! Du willst sicherlich was trinken?«

»Das auch.«

»Und was noch?«

Mike wandte den Kopf zu der fensterlosen Seitenwand des Gartenhauses. Dort hatte Daniel ein langes, hohes Bücherregal aufgestellt. Es verfügte über fünf Etagen, und alle waren vollgestellt mit Taschenbüchern und Hardcover-Ausgaben, mit Fachzeitschriften und Aktenordnern.

»Wo sind deine Krimis?«

»Hörst du, Zappel?« Daniel grinste. »Er will endlich was Spannendes erleben. Sein Alltag reicht ihm nicht.«

Und zu Mike gewandt: »Ganz links, unterstes Fach.«

»Irre ich mich, oder habe ich da neulich den Krimi *Fluchtgefahr* gesehen? Von einem gewissen William Capland. Allerdings habe ich nur den Buchrücken gesehen mit dem Titel.«

»Du irrst dich nicht. Aber falls du den leihen willst, hast du Pech. Zappel hat ihn. Als Gute-Nacht-Lektüre.«

»Leider habe ich noch kein Wort gelesen«, sagte Daniels Freund. »Im Bett fallen mir zur Zeit sofort die Augen zu. Weil ich tagsüber so herumgehetzt werde.«

»Von wem?« fragte der Puma.

»Von dir. Von wem sonst? Meine Mutter schont mich.«

Verständnislos schüttelte Daniel den Kopf.

Mike sagte: »Ich werde ihn bei Gelegenheit lesen. Muß nicht jetzt sein. Ich erwähne das Buch nur, weil es einbezogen ist in meinen Fall – in ein kniffliges Problem.«

Er berichtete, während Daniel Mineralwasser für seinen Bruder einschenkte.

»Abgesehen von dem Hinweis«, sagte Mike, »meine ich, du hättest vorhin den Namen Meinert erwähnt.«

»Jochen Meinert?« riefen die Jungs wie aus einem Munde.

»So heißt er«, nickte Mike. »Er ist vorbestraft. Schnettl wußte Bescheid über ihn. Meinert hat dort seine Strafe verbüßt. Er ist schlank, hager und von Beruf Ingenieur. Gelbe Haut, spitzes Kinn und betonte Backenknochen. Schwarzes Haar.«

»Das ist er.«

Mike berichtete Einzelheiten.

»Nicht zu fassen«, sagte Daniel. »Olga Plessendorfs Neffe war im Knast und pflegt immer noch Umgang mit dem Schwerkriminellen, der dort sein Zellennachbar war. Jetzt wird Meinert eingesetzt als dessen Beute-Verwalter. Ob Tante Olga was ahnt von diesen Verstrickungen?«

Mike hob die Schultern.

»Observierst du Meinert?« fragte Daniel.

»Das wird angeleiert. Aber sicherlich erst ab morgen. Heute abend gehe ich mit Jessica ins Theater.«

»Ganz schön pflichtversessen, Herr Kommissar.«

»Morgen ist noch nichts zu spät. Meinert braucht Zeit, um den Schatz zu heben. Außerdem soll er teilen mit dieser Jutta Giesen. Das hat Weber ganz deutlich befohlen.«

»Was ist mit der Frau?«

»Nichts. Eine harmlose Person. Hat sich nur einmal in der Wahl ihres Lovers vergriffen. Als sie merkte, was für ein Kaliber Weber ist, hat sie Schluß gemacht. Und nicht nur zum Schein. Aber der Knastbruder wird jetzt von Sentimentalität befallen. Wahrscheinlich braucht er die Vorstellung, daß es draußen in der Freiheit jemanden gibt, der an ihn denkt. Der ihn in guter Erinnerung behält. Oder Päckchen schickt. Oder besucht. Ich hocke nicht in seinem Kopf.«

Die Jungs nickten.

»Um die Frau muß man sich also nicht kümmern«, sagte Daniel.

»Wahrscheinlich nicht. Obwohl man nicht vorhersehen kann, wie sie reagiert, wenn ihr anderthalb Millionen angeboten werden. Da wird auch ein starker Charakter schwach.«

»Ich würde das Geld nehmen«, sagte Zappel, »und charakterlich trotzdem stark bleiben.«

»Das kriegst sicherlich nur du fertig«, lachte Mike.

Tierfreund mit Totschläger

Die Jungs warteten, bis Mike abfuhr. In beiden Köpfen nistete der gleiche Gedanke.

»Die Zeit reicht«, sagte Daniel. »Der IC 113 startet um 18 Uhr 05. Vorher können wir noch feststellen, was Meinert macht. Der graue VW, der vor der Einfahrt stand, ist sein Wagen, wie Mike sagt. Vielleicht hat Meinert gerade Hacke und Schaufel eingeladen.«

»Wozu?«

»Um die drei Millionen auszubuddeln.«

»Meinst du, die sind vergraben? Papiergeld vermodert.«

»Nicht, wenn es wasserdicht verpackt ist.«

Daniel nahm den Ledersack mit, der sein Puma-Outfit enthält: das Kehlkopf-Mikrofon zum Verzerren der Stimme, die mit dem Puma-Schädel bemalte Kopfmaske, den Stempel zum Kennzeichnen eventueller Gefangener, Handschuhe und den schwarzen Lederblouson.

Auch die beiden CB-Sprechfunkgeräte wurden verstaut.

Dann brausten die Jungs mit der Kamikaza los. Nach Rönkendorf. Zur Grünkernallee.

Auf den Grundstücken dort war es still, sieht man ab vom Vogelgezwitscher. Auch hier war der Samstagnachmittag zum Ritual geworden mit Entspannung und Ruhe.

Vor Olga Plessendorfs Anwesen stand wieder der graue VW. Aber diesmal in umgekehrter Fahrtrichtung.

Daniel ließ die Kamikaza im Schritt laufen, also leise, und stoppte dann.

»Der Wagen steht so, daß sie ihn vom Haus aus nicht sehen. Die Hecke verdeckt ihn.«

»Worauf warten wir?« meinte Zappel.

Niemand beobachtete sie, als sie zu dem Wagen traten. Es war ein Kombi. Auf der Ladefläche lagen Wolldecken – eine ungewöhnliche Fracht angesichts der tropischen Temperatur.

Daniel probierte die Hecktür.

Abgeschlossen.

Zappel zog eine große Büroklammer aus der Tasche und gab sie seinem Freund.

Daniel begann, den Draht kunstvoll zu biegen. Dann kratzte Metall auf Metall; und nach mehrmaligem Stochern und Schließen klickte ein Mechanismus. Die Heckklappe öffnete sich.

»Muß mal geölt werden«, meinte Zappel.

Daniel schob die Decken beiseite.

Er erwartete, auf Hacke, Spaten, Schaufel zu stoßen, doch nichts dergleichen kam zum Vorschein.

Statt dessen lag ganz vorn ein Taschenbuch.

Daniel erkannte es erst, als er den Titel sah: *Fluchtgefahr*

»Das sieht anders aus als meine Ausgabe.«

Zappel nickte. »Ein anderes Titelbild. Außerdem glaube ich, deine Ausgabe ist dicker.«

Daniel blätterte es durch. »Hier! Seite Hunderteinundzwanzig ist mit einem Eselsohr markiert. Meinert hat den Hinweis verstanden. Jetzt reagiert er.«

Daniel legte das Buch zurück und hob die zweite Wolldecke an.

»Was ist denn das?«

Auf der Ladefläche lagen Stricke, eine Rolle breites Klebeband, ein schwarzes Tuch, ein Handtuch und eine fleckige Flasche mit wasserhellem Inhalt.

Daniel schraubte sie auf und roch daran.

»So sieht Chloroform aus.«

»Chloroform?«

»Das Betäubungsmittel.«

»Ich weiß, was Chloroform ist.«

Daniel ließ seinen Freund schnuppern.

»Mir wird ganz duselig«, meinte Zappel. »Das ist Chloroform.«

Daniel verschloß die Flasche.

Als er sie unter die Decke schob, stieß seine Hand gegen was Schweres. Es war ein unterarmlanges Eisenrohr. Ein Teil war griffartig mit Isolierband umwickelt.

»Damit haue ich jeden Schädel in Stücke«, sagte der Puma. »Das ist ein Totschläger.«

»Jetzt wird's aber heiter!« Zappel schluckte. »Will der wen fertig machen? Um an die Beute zu kommen?«

»Die Sachen – jedenfalls die Decken – lagen schon im Wagen, als ich mit Lisa hier war. Das habe ich gesehen. Da wußte Meinert noch nichts von Webers Hinweis auf die Drei-Millionen-Beute. Das bedeutet, würde ich sagen, diese Sachen dienen einem anderem Vorhaben.«

»Welchem?«

»Er wollte Marion Unnert abholen.«

Zappel riß die Augen auf. »Du meinst, er will das Mädchen erschlagen?«

»Vielleicht nur betäuben. Dann fesseln, knebeln, ihm mit dem schwarzen Tuch die Augen verbinden – und chloroformieren, damit es nicht unter den Decken herumzappelt.«

»O Mann! Aber weshalb?«

»Sieh ihn dir an! Der hat doch was von 'nem Sex-Gangster.«

»Keine Ahnung, wie die aussehen.«

»Triebhaft und verklemmt. Außerdem . . .«

Daniel sprach nicht weiter, denn hinter ihm beim Tor kläffte Meinerts wütende Stimme.

»He, ihr! Was macht ihr an meinem Wagen?«

Daniel drehte sich um. »Hallo, Herr Meinert!«

Der erkannte ihn, was aber seine Wut nicht milderte.

»Was macht ihr da?«

»Die Heckklappe war offen.« Daniel lächelte kalt. »Das kann nicht mit rechten Dingen zugehen, sagten wir uns. Gerade wollten wir sie schließen. Aber da sahen wir, was hier alles liegt: Stricke zum Fesseln. Klebeband zum Knebeln. Chloroform zum Betäuben. Ein Totschläger zum Totschlagen. Wozu brauchen Sie das alles?«

Meinerts Gesicht wurde fahl.

»Weil . . . für . . . eigentlich geht euch das nichts an. Aber . . . aber ich bin nun mal Katzenfreund.«

»Katzenfreund wie Tierfreund?«

»Richtig.«

»Und deshalb schlagen Sie die Stubentiger tot?«

»Nein, nein, nein! Ich meine doch herrenlose Wildkatzen. Die streunen herum, vermehren sich wie die Menschen in der Dritten Welt, hungern teilweise, kommen im Winter elend um. Ich fange die Katzen ein, lebend natürlich. Dann lasse ich sie beim Tierarzt sterilisieren, also unfruchtbar machen, und danach werden sie wieder in die Freiheit entlassen. Dann können sie keine Jungen mehr in die Welt setzen, und ihr Los wird erträglicher.«

»Wozu das Chloroform?«

»Ich muß sie betäuben.«

»Und das Eisenrohr?«

»Das benutzte ich als Hammer. Als Werkzeug. Ich habe mehrere Katzenfallen. Die meisten sind roh zusammengefügt. Wenn was entzwei geht, muß ich Nägel reinschlagen.«

Es hörte sich einleuchtend an. Aber Daniel spürte, daß der Mann log. Mochte ja sein, daß er Katzen einfing. Aber dieses Zeugs hier war nicht dafür bestimmt.

Daniel handelte instinktiv, als er das aussprach, was ihm in diesem Moment durch den Kopf fuhr.

»Ich vermute wohl richtig, daß Marion Unnert noch nicht angekommen ist?«

»Wir haben vergebens gewartet.«

»Wenn sie nicht bald auftaucht, Herr Meinert, werden wir die Polizei auf Sie aufmerksam machen.«

Meinerts Augen weiteten sich.

»Was... willst du damit sagen?«

»Ihre Ausrüstung ist geeignet, um einen Menschen zu betäuben, zu fesseln, zu knebeln. Wir wissen nicht, ob das geschehen ist. Oder ob es noch geschehen soll. Tatsache ist: Eine Person wird vermißt, die zu Ihrem Umkreis gehört. Eine Person: weiblich, sechzehn und blond. Ein Grund, ein Anlaß, ein Motiv ist für uns nicht erkennbar. Aber vielleicht kann die Polizei etwas rausfinden.«

Meinert hatte ihn angestarrt, bog sich jetzt zurück, dann nach vorn und stieß mit bellendem Gekeuche die Luft aus dem Schlund.

Man mußte genau hinhören, um das als Lachen zu erkennen.

»Du ... bist gut«, keuchte er. »Ich sterbe vor Lachen. Das ist ein Witz! Ich ein Entführer? Haha!«

Er ging um seinen Wagen herum und schloß die Fahrertür auf.

»Ihr könnt mir glauben«, rief er, bevor er einstieg. »Ich bin kein Entführer. Die Phantasie geht mit euch durch. In eurem Alter ist das leicht der Fall. Ich versichere euch: Ich habe Marion Unnert noch nie gesehen. Bin ihr nie begegnet. Auch sonst habe ich mich an niemandem vergriffen. Die Sachen sind wirklich nur für die Katzen.«

Er zog die Tür zu, startete den Motor und fuhr ab.

Olga hat ihm verziehen

Die Luft roch noch nach den Abgasen von Meinerts Wagen. In der windstillen Glut verdünnte sich die Pestilenz nur zögernd. Die Jungs atmeten flach.

»Vielleicht tun wir ihm Unrecht«, meinte Zappel. »Daß er ein Knasti war, bedeutet ja nicht: Krimineller für immer. Manche Gestrauchelten bessern sich. Das nennt man resozialisieren: Wiedereingliedern in das übliche menschliche Miteinander, das zwar auch strotzt von Gemeinheiten, die aber nicht strafbar sind.«

»Sieht Meinert geläutert aus?«

»Eigentlich nicht.«

»Fragen wir doch mal nach bei Tante Olga.«

Sie war zu Hause und kam an die Tür.

Die Jungs hatten geklingelt.

Olga Plessendorf öffnete ein kleines Fenster am Eingang und vergewisserte sich, daß es keine Räuber waren, keine Punker oder noch schlimmeres Gesindel.

Daniel stellte seinen Freund vor, und die sehbehinderte Dame bat die beiden in den Silber-Salon.

»Marion ist noch nicht da.«

»Das wissen wir schon von Herrn Meinert, Frau Plessendorf. Außerdem hat er uns erzählt, daß er herrenlose Katzen einfängt und sterilisieren läßt.«

»Ach, wirklich?«

»Das wissen Sie nicht?« fragte Daniel.

»Er sagt mir nicht alles. Aber das wäre doch mal was Erfreuliches. Das könnte er mir erzählen.«

»Haben Sie sonst Ärger mit ihm?«

Olga Plessendorf zögerte. Offensichtlich überlegte sie, ob es angezeigt sei, die Familienehre zu beflecken.

»Ich habe einen Bruder beim Landeskriminalamt«, half Daniel ihr über eventuelle Bedenken hinweg. »Von dem höre ich so manches. Nur mal unter uns gesagt.«

Sie nickte. Daß der LKA-Bruder Informationen an Unbefugte weitergab, schien ihr nicht aufzustoßen. Oder sie machte sich keine Gedanken über behördliche Vorschriften.

»Dann wißt ihr sicherlich«, sagte sie, »daß er im Gefängnis war. Ja, er ist vorbestraft. Leider. Ein Leichtfuß. Labil und ohne Ehrgeiz. Er leidet an Spielsucht und ist ständig in Geldverlegenheit. Er wollte einen Vorgriff aufs Erbe. Aber das habe ich ihm abgeschlagen. Nachdrücklich. Er würde sofort alles verspielen. Und dann? Ich hoffe ja, daß er sich noch fängt. Daß er sich in den Griff bekommt. Wenn ich dann einstmals die Augen schließe, erhält er sowieso alles. Mein Vermögen. Die Villa. Und das, was noch übrig ist von den Kunstschätzen. Das meiste hat er schon verscherbelt. Heimlich. Ja, er bestiehlt mich. Die Gemälde sind weg.«

»Er bestiehlt Sie?« fragte Daniel entgeistert.

»In der oberen Etage hatte ich ein Dutzend Gemälde. Museumsqualität. Nicht gerade für den Louvre, für die Uffizien oder die Neue Pinakothek. Aber durchaus von

Niveau. Jochen hat diese Kunstwerke heimlich aus den Rahmen gelöst und beiseite gebracht. Vermutlich verkauft. Offenbar vertraut er darauf, daß ich das nicht bemerke, weil meine Augen so schwach geworden sind. Nun – gesehen hätte ich den Unterschied nicht. Aber Jochen hat die Rahmen gefüllt mit Kunstdrucken oder Fotografien. Wohl, um meine Putzfrau zu täuschen. Makbule ist zwar keine Kunstsachverständige. Aber sie hat bemerkt, daß was nicht stimmt. Und ich hab's dann gefühlt. Ein Ölgemälde und das glatte Papier eines Fotos – was für ein Unterschied! Doch gesagt habe ich nichts. Er ist mein einziger Neffe. Irgendwie hänge ich an ihm. Ihm und mir wollte ich die Peinlichkeit ersparen. Sicherlich war er wieder mal in Not. Also habe ich ihm verziehen.«

Die Jungs schwiegen eine Weile.

»Sehr hochherzig von Ihnen«, sagte Daniel dann.

Olga Plessendorf hob in rührender Hilflosigkeit die Hände.

Daniels Gedanken mahlten, während sich noch einmal Stille ausbreitete.

»Ich glaube«, sagte die Frau dann, »er hat fragwürdigen Umgang. Mit Spielern. Mit dubiosen Typen. Im März hatte er sogar einen richtigen Kriminellen mitgebracht. Brachte ihn einfach mit hier ins Haus. Weber hieß er, glaube ich. Den kannte Jochen aus seiner Strafzeit. Im Zuchthaus«, sie gebrauchte noch den alten Begriff, »hatten sie sich angefreundet. Ich bitte euch! Pflegt man Freundschaft mit solchen Menschen? Jochen hat doch was Ordentliches gelernt. Er ist Maschinenbau-Ingenieur. Allerdings kümmert er sich nicht viel um sein Geschäft. Diesem Weber habe ich die Tür gewiesen. Und das war richtig. Denn einige Zeit später hat er einen Überfall verübt und dabei zwei Menschen getötet. Zum Glück konnte ihn die Polizei dingfest machen. Ich habe das alles im Hörfunk verfolgt. Weber ist nun wieder im Zuchthaus. Für immer.«

Daniel nickte und dachte: Sie macht was durch mit ihrem einzigen Neffen.

Als hätte er in Gedanken ein Stichwort gegeben, das zum Signal wird, zuckte die betagte Dame plötzlich zusammen. Ihr Gesicht wurde fahl, die ungeschminkten Lippen färbten sich blau.

»Mir . . . ist nicht gut«, stieß sie hervor.

Daniel sprang auf. »Brauchen Sie Medizin? Oder ein Glas Wasser?«

Sie wollte antworten, aber nur ein Ächzen drang aus dem Mund. Dann kippte sie zurück, und ihr Körper erschlaffte.

Die Kneipe hieß RUDIS KASCHEMME. Rudi, der Wirt, lüftete nie. Selbst wenn er das getan hätte – der Bierdurst wäre nie abgezogen. Er steckte in den Dielen, in den Vorhängen, im Mobiliar und vor allem in den Typen, die hier ihr zweites Zuhause hatten.

Der Erpresser mit dem rotem Bullenschädel – Klaus Frowinkl alias Hubert Froschegger – saß an einem Tisch in der Ecke und behielt den Eingang im Auge.

Der Mann sah verändert aus. Der blonde, mongolische Schnauzbart war verschwunden. Abrasiert. Den Schädel bedeckte eine braunblonde Perücke mit scharf gezogenem Mittelscheitel.

Frowinkl – seinen wirklichen Namen benutzte er nicht mehr – hatte eine Aktentasche bei sich, die wie ein Musterkoffer aussah. Der Mann wirkte wie ein Handelsvertreter für veraltete Landmaschinen, Telefax-Auslauf-Modelle oder hautschädliche Kosmetikartikel – also wie jemand, der sich nur mühsam über Wasser hält.

Wieder trat ein Gast ein.

Frowinkl senkte den Kopf.

Jochen Meinert, der irgendwie gehetzt wirkte, blickte suchend umher.

Rudi, der Wirt, nickte ihm einladend zu. Die übrigen Gäste – vier Trunkenbolde, die sich an der Theke festhielen – nahmen keine Notiz von Olgas Neffen.

Er sah zu Frowinkl hin, blickte weg und wollte kehrtmachen.

»Jochen!«

Meinerts Augen weiteten sich erstaunt. Er ging zu dem Tisch.

»Hubert? Bist du's?«

»Das gefällt mir«, erwiderte der Erpresser leise. »Niemand erkennt mich. Nicht mal meine Freunde. So soll es sein.« Sie gaben sich die Hand. Meinert nahm Platz.

»Siehst total verändert aus.« Er grinste. »Wie heißt das tolle Haarwuchsmittel?«

»Perücke.«

»Heiß darunter?«

»Für 'ne halbe Million schwitze ich schon mal.«

»Eine halbe Million?« Meinert leckte sich die Lippen.

»Eigentlich wollte ich eine Million.«

»Aber?«

»Schlechte Zeiten. Man muß sich bescheiden.«

Rudi, ein fetter Kerl, kam an den Tisch, brachte ein großes Bier mit, unbestellt, und stellte es vor Meinert hin.

»Pils. Recht so?«

»Aber immer.«

Sie warteten, bis er außer Hörweite war.

»In der Zeitung las ich«, sagte Meinert, »daß jemand das Kaufhaus SUPERKLOTZ abkassiert. Ich muß an dich denken, Hubert. Du steckst dahinter. Richtig?«

Frowinkl nickte. »Ich heiße jetzt anders. Nenn mich Klaus. Klaus Frowinkl. Den Hubert Froschegger gibt's nicht mehr.«

»Ich bin immer noch Jochen Meinert.«

»Dich hat man auch nie in 'ner wirklich heißen Sache erwischt.«

»Stimmt. Bei mir waren es nur Kavaliersdelikte. Sogar Tante Olga hat mir verziehen. Mann! Damals in Hamburg! Das war doch was.«

Frowinkl nickte. »Aber diesmal läuft es anders ab. Niemals die gleiche Methode! In unserer Branche sind Wiederholungen tödlich. Die Bullen hätten uns sofort am Arsch.«

»Ja«, sagte Meinert und entsann sich.

Vor fünf Jahren, bei der Kaufhaus-Erpressung in Hamburg, hatte er Frowinkl geholfen, war der zweite Mann gewesen bei der Geldübergabe.

Achtzigtausend DM hatte ihm das eingebracht, ein angemessener Anteil, den er dann freilich in zwei Nächten verzockte.

Sie kannten sich aus der Strafanstalt. Frowinkl alias Froschegger hatte vormals Geschäfte gemacht mit Heinz-Werner Weber. Aber die beiden kamen nicht aus miteinander. Beide waren aggressiv und dominant. Jeder wollte das Sagen haben, jeder wollte der Boß sein. Es ging nicht. Also wurde die kriminelle Zusammenarbeit eingestellt, vernünftigerweise; und jeder suchte sich einen Komplicen, der auf Pfiff reagierte.

Kurioserweise füllte Meinert diese Lücke bei beiden aus. Weber hielt ihn für brauchbar und Froschegger, damals hieß er noch so, nahm ihn mit herein in seine Kaufhaus-Erpressung.

Jetzt hatte sich der Erpresser gemeldet. Jetzt sollte es wieder passieren. Jetzt trafen sie sich.

Meinert – begeistert von jeder Möglichkeit, sich die Taschen mit Geld zu füllen – war mit allem einverstanden. Er wußte: Es würde gleich losgehen.

»Mit dem IC 113 um 18 Uhr 05«, sagte Frowinkl, »fährt die Kohle mit.«

»Die halbe Million?«

Der Erpresser nickte.

»Bist du dir sicher. Hu ... äh ... Klaus?«

»Absolut. SUPERKLOTZ hat Schiß. Man weiß, daß mit mir nicht zu spaßen ist. Hast du sicher in der Zeitung gelesen.«

»Erheblicher Sachschaden in der Porzellan-Abteilung.«

Meinert grinste.

»Natürlich werden auch Bullen im Zug sein«, sagte Frowinkl.

»Du hast dir was ausgedacht?«

»Ich bin ebenfalls im Zug. Und ich sehe anders aus als am Donnerstag in der Porzellanabteilung.«

»Hat dich jemand gesehen?«

»Niemand von Bedeutung. Trotzdem bin ich vorsichtig.«

»Und dann?«

»Der Geldbote hat CB-Sprechfunk. Ich auch.« Er deutete auf seine Tasche, die neben ihm auf dem Stuhl lag. »Ich sage ihm, wann er die Geldtasche aus dem Zug werfen soll.«

»Aha.«

»Der IC hat eine lange Fahrt vor sich. Wie ich die Bullen einschätze, rechnet keiner damit, daß es schon achtzehn Minuten nach der Abfahrt passiert.«

»So bald?«

»Nach achtzehn Minuten zischt der IC am Kahlenfels vorbei. Wir sind da mal zum Angeln gewesen. Entsinnst du dich?«

»Na, und ob! Ich hatte einen Hecht am Haken. Einen Prachtburschen. Der hat gekämpft! Tante Olga ißt keinen Fisch. Zwei Wochen lang habe ich Hecht gegessen.«

»Ist gesund. Dort wird also der Geldkoffer rausgeworfen. Flußseitig – werde ich anweisen. Wahrscheinlich fällt der Koffer ins Wasser. Aber der Fluß ist ja nicht tief. Und du kennst dich aus dort.«

»Himmel, wenn sie mich erwischen!«

»Du schaffst es leicht.«

»Das sagst du. Und dann?«

»Ich habe einen gestohlenen Wagen. Samt Schlüssel. Steht draußen. Noch ist die Karre nicht heiß. Der Besitzer ist übers Wochenende verreist. Ich habe den Wagen aus seiner Garage geholt. In zwei Minuten fährst du los. Bist dann rechtzeitig am Kahlenfels. Der IC fährt dort mit hoher Geschwindigkeit. Bis die Bullen aus dem Zug raus sind und ihre Knochen gesammelt haben, bist du mit dem Koffer über alle Berge. Das heißt, du fährst zur Stadt zurück. Läßt den Wagen irgendwo stehen und gehst nach Hause. Ich bin ja noch im Zug. Damit ich nicht auffalle, steige ich erst später aus. Komme dann auf Umwegen zurück. Du versteckst das Lösegeld bei deiner Tante. Ich melde mich.«

»Wie hoch ist mein Anteil?«

»Zwanzig Prozent, also hunderttausend.«

»Kann ich gebrauchen.«

Ist aber bei mir, dachte er, nur ein Tropfen auf den heißen Stein. Die Hälfte von Webers Beute – das würde mich retten. Und Tante Olgas Nachlaß. Wenn sie doch endlich abtreten würde, die Alte – hinscheiden, ohne mich vorher zu enterben.

Die beiden Jungs fielen ihm ein. Himmel, das war knapp gewesen. Die ahnten die Wahrheit. Haben Jugendliche das an sich? Diesen Instinkt? Die Hilfsmittel, die er im Wagen hatte, waren natürlich dafür bestimmt, Marion Unnert unschädlich zu machen, sie abzuholen vom Zug und dann im Wagen zu betäuben. Gleich umbringen konnte er sie nicht. Dazu fehlte ihm der Nerv. Aber betäuben und fesseln und in das vorbereitete Verlies bringen in der stillgelegten Fabrik. Dort, ja, dort, mußte er's dann tun. Es sei denn ... Wahnsinn, wie er sich immer noch an die Idee klammerte, sie zu seiner Komplizin zu machen. Der Gedanke ließ ihn nicht los. Er war kriminell, ein Betrüger und Dieb. Aber Mord?

»Träumst du?« fragte Frowinkl.

»Ich überlege.«

»Irgendwelche Zweifel?«

»Nein, alles klar.«

»Du hast dein Bier nicht getrunken.«

»Immer schön trocken bleiben. Ich muß ja noch fahren.«

Frowinkl grinste. »Du mußt los. Und ich muß zum Zug. Die Bullen, da wette ich, springen auf der abgewandten Seite aus dem Zug.«

»Das verschafft mir etwas mehr Zeit.«

»Das Gelände ist dort ideal für dich. Der Bahndamm liegt oben auf dem Hang. Ein Steilhang. Unten der

Fluß. Dahinter Wald. Hundert Meter entfernt die Straße, wo du den Wagen parkst. Was willst du mehr?«

Meinert stand auf.

»Bezahlst du mein Bier?«

Codewort Kanu

Olga Plessendorf war bewußtlos.

Daniel konnte ihren Puls kaum noch fühlen.

Der Atem der Frau kam fast zum Stillstand.

»Herzanfall!« sagte Daniel. »Faß an, Philipp. Die Beine hochlagern. Du rufst den Notarzt. Ich leiste Erste Hilfe. Bring aber erst ein Glas Wasser. Und sieh nach, ob irgendwo Medizin steht.«

Zappel flitzte los.

Daniel kämpfte seine Panik nieder. Die Frau sah aus, als gehe es zu Ende mit ihr. Eine Herzkrankheit? Hatte sie sich innerlich aufgeregt, während sie erzählte? Äußerlich war sie ruhig geblieben.

Daniel versuchte Mund-zu-Mund-Beatmung, wobei er ein Papiertaschentuch über Olgas Lippen legte.

Kein Erfolg.

Rhythmische Brustbein-Massage.

Kein Erfolg.

Zappel brachte das Wasserglas, halb gefüllt.

»In der Küche ist nichts. Keine Medikamente.«

»Sieh im Bad nach!«

Mund-zu-Mund-Beatmung. Brustbein-Massage.

»Im Bad ist ein Medikamenten-Schränkchen«, rief Zappel. »Aber nur mit Augentropfen und Rheuma-Kapseln.«

»Hast du den Notarzt erreicht?«

»Da ist dauernd besetzt.«

»Das Unfallkrankenhaus!«

»Da geht keiner ans Telefon.«

»Versuch's weiter! Bemüh dich!« Daniel kämpfte mit allen Mitteln Erster Hilfe, um die Frau wenigstens etwas zu stabilisieren.

Sie blieb bewußtlos. Aber ihr Puls wurde nicht schwächer, und die Atmung funktionierte noch.

»Die Notärzte«, rief Zappel vom Telefon her, »sind alle unterwegs. Wir sollen uns gedulden. Sobald einer frei ist, kommt er. Die Adresse habe ich durchgegeben. Offenbar haben die heute Großkampftag. Die Leute vertragen die Hitze nicht mehr.«

Daniel fluchte.

Zappel massierte Olgas Fußsohlen.

Viel Zeit verging.

Die Jungs fühlten sich hilflos, und Olgas Gesicht schien einzusinken wie ein welkes Herbstblatt, das im Regen aufweicht.

Daniel sah zur Uhr.

»Scheiße! Unsere Abendunterhaltung ist gelaufen.«

»Was?«

»Wir schaffen es nicht mehr. Der Zug fährt ohne uns ab.«

»Viertel vor sechs. Wenn der Arzt gleich kommt, können wir noch Glück haben.«

Drei Minuten vergingen – vier. Dann näherte sich Sirenengeheul.

Die Ambulanz preschte heran. Hinter der Hecke flackerte zuckendes Blaulicht. Aber der Wagen fuhr vorbei. Der Fahrer hatte die Hausnummer übersehen, merkte dann sein Vertun. Jetzt kam der Wagen zurück, hielt; Notarzt und Sanitäter nahten im Laufschritt.

Olga lebte. Wenigstens ihr miserabler Zustand war stabil.

18 Uhr 11.

Hechelnd wie Jagdhunde stürmten Daniel und Philipp auf den Bahnsteig.

Der war leer wie ein abgeleckter Teller; das elektronisch gesteuerte Feld für die planmäßige Abfahrtszeit war ebenfalls leer, rasselte aber in diesem Moment, blätterte die Lamellen um und zeigte einen Zug an, der um 18 Uhr 15 abfahren würde in Richtung...

Der IC 113, Abfahrt 18 Uhr 05 – war bereits Schnee von gestern.

»Wir haben ihn tatsächlich verpaßt«, sagte Daniel.

»Mann, Puma, du bist richtig rotbraun vor Wut.«

»Olga kann nichts dafür. Arme Haut!«

»Jetzt ist sie gut versorgt.«

Das traf zu. Die Frau war in ärztlicher Obhut und auf dem Wege ins Krankenhaus.

Der Notarzt hatte eine bedrohliche Herzschwäche festgestellt und entsprechende Mittel gespritzt.

Lebensgefahr bestehe nicht mehr, hatte er die Jungs beruhigt. Sie hätten sich richtig verhalten.

»Meinert, dieser Arsch«, sagte Daniel, »weiß noch nichts. Wo ist er zu erreichen? Wo?«

»Laß ihn! Er gräbt die Beute aus.«

Daniel überlegte. »Wenn man wüßte, welche Strecke

der IC fährt, könnten wir versuchen, ihn einzuholen. Und dann bei der nächsten Haltestation ... Nee, schaffen wir nie! Die Landstraßen machen Umwege. Der IC brettert glatt durch auf seinen Schienen.«

»Mehr Verkehr auf die Schienen! Sage ich doch immer.«

Daniel schulterte den Ledersack mit seinem Puma-Zubehör.

Sie schlurften zum Parkplatz zurück.

»Heute ist nicht unser Tag«, meinte Zappel.

»Wir sollten nicht mitfahren. Olgas Zusammenbruch hat das verhindert. Pech! Jetzt können wir nur hoffen, daß die LKA-Männer und Ebensteyns Leute im richtigen Moment aus dem Zug springen.«

»Und daß sie sanft landen. Das sind zwar Elite-Polypen, volljährig, ausgewachsen, noch nicht verkalkt, aber auf dem Wege zur Versteifung. Sie haben nicht mehr die Elastizität unserer Knochen.«

»Klar. Wir wären rausgehüpft wie startende Spatzen.«

»Es soll nicht sein. Heute ist nicht unser Tag.«

Daniel schlug wütend auf den schwarzen Ledersattel seiner Kamikaza.

»Statt Meinert zu beschatten, lassen wir ihn aus den Augen. Den Zug verpassen wir, also wird der Erpresser ohne uns gekatscht. Wenn wir wenigstens nach Marion forschen könnten. Aber wo sollen wir da anfangen?«

»In Salzburg.«

»Bringt nichts. Ob sie dort überhaupt eingestiegen ist, wird die Polizei feststellen, sobald Magda Unnert ihre Tochter als vermißt meldet.«

»Fahren wir zu uns. Mütterchen macht uns ein Abendessen. Viel hatte ich heute noch nicht. Eigentlich gar nichts.«

»Ich noch weniger«, meinte Daniel.

Sie fuhren zu dem hübschen kleinen Häuschen in der ruhigen Sackgasse, wo die Wappenholts wohnten.

Zappels Mutter war daheim: Clarinda Wappenholt, die alleinerziehende Mutter, die ein kleines Blumengeschäft betreibt und gelegentlich auch ihre hellseherischen Fähigkeiten zu Geld macht, indem sie einschlägigen Kunden die Karten legt oder ihnen aus der Hand liest.

»Ihr seht abgehetzt aus«, begrüßte sie die beiden. »Wieder total in Action, wie?«

»Eigentlich haben wir nur Hunger«, erwiderte Zappel.

»Soll ich euch verköstigen? Ich mache mich gerade fertig, um meine Freundin Irene Losbowitz abzuholen. Wir gehen ins Theater. Ihr müßt euch also selbst versorgen.«

Zappel maulte.

Daniel sagte: »Und was steht auf dem Programm?«

»Schinken ist da, Schweizer Käse und ...«

»Ich meine das Theater-Programm.«

»Im Palast-Theater läuft ein Gastspiel an. Heute ist Premiere zu ›Ball im Savoy‹.«

»Paul Abrahams Revue-Operette«, nickte der Puma. »Nicht sein stärkstes Werk, aber attraktiv. Toujours l'amour. Ich liebe die Liebe allein. Vielleicht sehen Sie Mike und seine Freundin. Die sind auch da. Und da Jessica die Karten besorgt hat, sind es sicherlich gute Plätze. Viel Vergnügen, Frau Wappenholt! Wir genießen inzwischen Schinken und Schweizer Käse.«

Clarinda machte sich chic, sah noch mal zu den Jungs in die Küche und verließ dann das Haus.

Sie hörten, wie sie mit ihrem Kleinwagen abfuhr.

»Toujours l'amour«, summte Daniel die Melodie an

einem Happen Schinkenbrot vorbei aus dem Mundwinkel. »Für mich ist es trotz krimineller Pannen und Fehlschläge ein Spitzentag. Ein unvergeßlicher, Zappel! Lisa saß hinter mir auf der Maschine, hielt sich an mir fest. Mit ihren Händen! Mit ihren Händen, Philipp!«

»Womit soll sie sich sonst festhalten! Mit den Zähnen, indem sie sich an dir festbeißt?«

»Wunderbare Idee.«

»Reich mir mal den Käse rüber.«

»Und dann haben wir zusammen ermittelt«, schwärmte Daniel. »Jedenfalls ansatzweise.«

»Sing bitte nicht nicht mit vollem Mund. Ich kriege die Krümel ab.«

Daniel pausierte nach der ersten Klappstulle, rief in dem Krankenhaus an, das ihm der Notarzt genannt hatte, ließ sich mit der Stationsschwester von der Inneren Abteilung verbinden und fragte nach Olga Plessendorfs Befinden.

Die Schwester wollte keine Auskunft geben.

»Wir sind zwar keine Anverwandten«, erklärte der Puma. »Aber wir haben Erste Hilfe geleistet und den Notarzt gerufen. Also?«

»Es geht ihr viel besser. Sie ist über den Berg. Aber sie muß noch hier bleiben. Zur Beobachtung.«

»Danke! Haben Sie Ihren Neffen erreicht, den Herrn Meinert?«

»Bis jetzt nicht. Telefonisch meldet sich niemand.«

Daniel probierte es seinerseits. Aber niemand hob in Olgas Villa den Hörer ab.

»Er gräbt und gräbt«, meinte Zappel, »und findet drei Millionen. Sobald er damit heimkommt, greifen wir zu.«

»Gib mir mal den Schinken rüber! Der ist wirklich gut. Und gar nicht so salzig. Hoffentlich hast du recht.«

»Er freut sich aufs Geld. Aber dann haben wir ihn am Kragen.«

Daniel bestrich eine Scheibe Vollkornbrot mit Butter. Als er die Schinkenscheibe aufspießte, hielt er plötzlich inne.

»Mann, Zappel!«

»Was ist?«

»Mir fällt's wie Schuppen von den Augen.«

»Was meinst du?«

»Jetzt erkenne ich Meinerts Motiv.«

»Wozu ein Motiv? Drei Millionen Mark sind Motiv genug. So was will jeder haben. Dafür braucht man keine Begrün . . .«

»Ich meine nicht das Geld. Ich meine die verdächtigen Utensilien in seinem Wagen. Der Kerl hat Marion entführt. Garantiert. Er hat sie nachts im Zug überwältigt. Ist mit ihr raus irgendwo, hat sie in seinen Wagen geladen und die Bewußtlose an einen unbekannten Ort verbracht.«

»Was? Ich denke, er war heute morgen am Bahnhof, um sie abzuholen?«

»Das ist Bluff, List, Täuschung. Damit erweckt er den Anschein, er wäre unschuldig an ihrem Verschwinden. Er darf ja nicht wissen, daß sie nicht kommt. Also muß er so tun als ob.«

»Und warum? Das Motiv, bitte!«

»Olga hat es uns erzählt. Die gestohlenen Gemälde. Meinert hat sie heimlich entwendet. Er glaubt, niemand wisse davon. Olga hat's ihm ja nicht gesagt. Aber nun kommt Marion, die zudem in einer Kunsthandlung arbeitet und viel von Gemälden versteht. Das Mädchen würde doch sofort sehen, was los ist. Meinert muß diese Entdeckung fürchten, denn er ahnt ja nicht, wie großherzig seine Tante ist. Sie hat ihm verziehen. Aber er denkt, daß er als Erbe nicht mehr im Spiel ist, wenn sein Diebstahl bekannt wird. Deshalb muß er verhindern, daß Marion bei Tante Olga ankommt.«

Zappel verschluckte sich an seinem Brot.

»Das ... leuchtet ein«, keuchte er.

Daniel schlug ihm auf den Rücken, bis sein Freund alle Krümel ausgespuckt hatte.

»Jetzt bitte nicht singen.«

»Haha!«

Zappel wischte die Tischplatte ab.

»Mal sehen, ob er endlich zurück ist.«

Daniel wählte Olgas Nummer, aber niemand meldete sich.

Als sie satt waren, räumten sie die Küche auf. Das benutzte Geschirr wurde gespült und weggestellt.

In Zappels Zimmer saß El Condor, der zahme Rabe, auf der Fensterbank und schlief. Indem er für einen Moment ein Auge öffnete, begrüßte er die Jungs.

Philipp suchte Igor, seinen Igel.

»Er kriegt heute ein frisches Ei. Das mag er. Es ist gesund für ihn. Seine Stacheln glänzen dann kräftiger.«

Während Philipp suchte, trat Daniel vor das Bücherregal.

Hier war die Unordnung noch schlimmer als in dem gleichartigen Möbel im Gartenhaus ›Vogelfrei‹. Ein deutliches Zeichen dafür, daß die Bücher auch gelesen wurden.

Der Puma zog eins heraus. Es gehörte ihm: *Fluchtgefahr* von William Capland. Auch ein Taschenbuch. Aber mit einem anderen Titelbild als die Ausgabe in Meinerts Wagen.

Überhaupt, dachte Daniel, dies hier ist dicker. Dicke-

res Papier? Oder mehr Seiten? Eine sogenannte ungekürzte Originalausgabe? Oder nur ein anderer Satzspiegel beim Drucken – mit weniger kürzeren Zeilen auf der Seite?

Er hatte das Buch vor zwei Jahren gekauft, schlug es jetzt auf und blätterte.

Seite 121! 19. Zeile! Fünftes Wort!

»Kanu!« brüllte Daniel.

Zappel kam im Laufschritt aus dem Wohnzimmer.

»Habe ich mich erschrocken! Was ist?«

»Kanu! Kanu – ist das Wort.«

Daniel schwenkte das Buch.

»Seite Hunderteinundzwanzig, das fünfte Wort in der neunzehnten Zeile lautet Kanu! ... trieb er das schlanke Kanu mit kraftvollen Paddelschlägen über den See. Begreifst du? Kanu – ist das Codewort. Weber hatte ein Buch von dieser Auflage, der ersten. In der zweiten oder dritten Auflage wurde dann einiges verändert. Nicht nur das Titelbild, sondern auch der Satzspiegel. Vielleicht hat man die Geschichte gestrafft, also gekürzt – was weiß ich. Dadurch verschob sich alles. Für die neue Auflage ist der Hinweis unbrauchbar. Davon weiß Weber noch nichts. Aber in vier Wochen ist wieder Besuchstag. Kann sein, daß er und Meinert sich dann verständigen.«

Zappel rieb sich die Hände. »Das heißt doch, Meinert fischt genauso im trüben wie ihr.«

»Wie wir bisher! Jetzt haben wir Durchblick.«

»Wo gräbt der Typ denn dann nach der Beute?«

»Der gräbt überhaupt nicht. Der ist woanders. Vielleicht bei seinem Opfer, bei Marion Unnert.«

Zappel nickte. »Die Millionenbeute befindet sich also nicht unter der herbstgrauen Wasserfläche, sondern in einem Kanu. Das ist weniger feucht. Und besser für das schöne Geld.«

»Du sagst es.«

»Und wo ist das Kanu?«

»Hm.«

»Wir leben in einer Millionenstadt mit zig Sportvereinen, etlichen Ruder-Clubs und Kanu-Abteilungen. Außerdem gibt es ungezählte, nicht organisierte Freizeit-Paddler, denn die Stadt ist umgeben von Flüssen und Seen. Ich glaube, es wird schwierig werden, dieses eine bestimmte Kanu zu finden.«

»Du denkst in die falsche Richtung«, sagte Daniel.

»Und wo geht's lang?«

»Es muß ein Kanu sein, das Meinert kennt.«

»Vielleicht sein eigenes. Vielleicht ist er Kanute.«

Er sieht nicht danach aus, dachte Daniel. Aber das heißt nichts. Nicht jede Sportart formt den Menschen und hinterläßt Spuren an ihm. Die zerquetschte Nase des Boxers, die Blumenkohlohren des Ringers, die Figur des Gewichtshebers – solche Merkmale sind nicht die Regel.

»Komisch!« sagte er. »Ich habe das Gefühl, mir wäre kürzlich ein Kanu begegnet.«

»Wo? Auf der Straße?«

Der Puma schüttelte den Kopf.

»Warst du schwimmen, rudern, bist du am Ufer spaziert?«

»Nein. Verdammt, ich komme nicht drauf. Aber mir wird's schon noch einfallen.«

»Und jetzt?«

»Meinert, natürlich. Irgendwann muß er nach Hause kommen.«

Eine halbe Million im Wasser

Der Wald rechts der Straße war dicht. Fichten und Laubbäume mischten sich zu einem gedeihlichen Miteinander, sahen gesund aus und ahnten nichts vom Waldsterben allerorten.

Hier, am Kahlenfels, eine halbe Autostunde östlich der Millionenstadt, war die Natur noch verschont geblieben.

Meinert hatte den gestohlenen Wagen – ein neueres Opel-Modell in Hellgrau – unter die Bäume gelenkt. Er stieg aus, schloß das Fahrzeug ab und sah sich um.

Er hatte eine Kurve durchfahren und war nur einem Traktor begegnet. In anderer Richtung verlief die Landstraße völlig gerade auf einer Strecke von etwa zwei Kilometern.

Abendsonne beschien den Asphalt. Kein Fahrzeug, kein Radfahrer, kein Spaziergänger auf dem Grünstreifen.

Meinert lief durch den Wald.

Ein Pfad führte zum Fluß. Er war breit, enthielt aber zur Zeit nicht viel Wasser. Sandbänke traten an einigen

Stellen hervor. Auch die Höhlen unter der Uferböschung lagen jetzt oberhalb der Wasserfläche.

Auf der anderen Seite war ein steiler Hang, der sich oben zum Plateau abflachte. Dort verliefen die Schienen. Hinter ihnen ging es nochmals aufwärts. Nackter Fels. Wind und Wetter hatten den Boden abgetragen. Geblieben war ein Felsbuckel mit Namen Kahlenfels.

Stechfliegen umschwirrten Meinert.

Er schlug nach ihnen. Aber das machte die Viecher noch wilder. Er kauerte sich hinter einen Busch. Es war schwül. Der Fluß plätscherte träge. Meinert schwitzte. Er fühlte nach seinem Puls und merkte dabei, daß er zitterte.

Verdammte Aufregung!

Vor fünf Jahren in Hamburg war er ruhig gewesen. Oder nicht? Hatte er seine Nervosität nur vergessen?

Er sah zur Uhr. 18 Uhr 19.

Noch vier Minuten. Oder fünf. Froschegger – nein, jetzt hieß er ja Frowinkl – hatte gut reden. Der saß im Zug, saß irgendwo allein in seinem Abteil und würde im richtigen Moment das Kommando geben.

Bei dem Job war kein Risiko.

Aber ich hier! dachte Meinert. Wenn ich Pech habe, rollen die Bullen den Hang runter und direkt vor mir ins Wasser.

Er hörte den Zug.

Ein metallisches Rauschen in der Abendluft. Oben auf dem Hang vibrierten die Schienen. Dann war das Rattern zu vernehmen.

Jetzt sah er ihn, den IC 113.

Er kam um die Kurve, silbrig, blitzend. Sonnenstrahlen spiegelten sich in den Scheiben. Das rote Zug-Restaurant.

Oben auf dem Hang schoß der Zug vorbei, etwa fünfzig Meter entfernt und zwanzig oberhalb des Flusses.

Ein langer Zug.

Dann flog etwas durch die Luft, und Meinerts Puls begann zu jagen.

Der Geldkoffer.

Er war nicht groß. Das kleinste Handgepäck-Format, das noch als Koffer bezeichnet wird. Dunkles Leder.

Und platsch!

Nicht zu fassen. Diese Präzision! Als hätte der Geldbote auf Meinert gezielt. Nein, ein Zufall!

Jedenfalls klatschte der Koffer dicht vor Meinert ins Wasser. Knapp zwei Meter entfernt.

Und mit Tosen und Rauschen war der IC am Kahlenfels vorbeigeprescht, tauchte ein als stählerner Lindwurm in einen breiten, tunnelartigen Hohlweg – und verschwand.

Meinert schnellte hinter dem Busch hervor, beugte sich über die Uferkante und griff nach dem Koffer.

Der war schwer und an knietiefer Stelle ins Wasser getaucht. Kleine Strudel umkreisten ihn. Nur der Handgriff ragte heraus.

Meinert packte zu und riß den Koffer an sich.

Waren die Bullen aus dem Zug gesprungen? Hatten sie's verpaßt? Oder sich nicht getraut?

Er blickte den Hang hinauf. Nichts. Oder? Doch, da war eine Bewegung hinter den Büschen des Plateaus. Aber nicht hier, sondern hundertfünfzig Meter entfernt, fast schon im Hohlweg.

Meinert warf sich herum. Über den Pfad rannte er zurück Richtung Straße.

Unter den Bäumen legte der Abend seine Schatten aus wie lilafarbene Netze.

Eine Gestalt tauchte jäh vor Meinert auf.

Der Verbrecher schrie. Dann prallten sie aneinander. Auch der andere schrie. Und flog seitlich in die Büsche, wobei ihm alles aus den Händen fiel, was er als Angler brauchte und mitgebracht hatte: Vollglasrute, Kescher, Fischkorb, Behälter für die Köder, Fischmesser und unterschiedliche Haken.

Ein Angler. Ein älterer Mann in zünftiger Kluft mit hohen Gummistiefeln.

»Sind Sie wahnsinnig?« brüllte er und wühlte sich zappelnd aus brusthohen Brennesseln hervor.

Ein Benehmen gegen die Regeln. Denn heftige Bewegungen und Lärm vertreiben Fische. Aber man war ja noch nicht am Ufer, außerdem regierte der Schreck das Verhalten.

Meinert antwortete nicht.

Er war schon vorbei.

Der hat mich nicht gesehen, dachte er, jedenfalls nicht genau. Der kann mich nicht beschreiben.

Er spurtete, keuchend und angstvoll. Der triefnasse Geldkoffer schlug gegen seine Schenkel.

Aber dort war die Straße.

Hinter dem gestohlenen Wagen parkte jetzt ein anderer, ein Kombi: das Fahrzeug des Anglers.

Der wird nachher aussagen, dachte Meinert, daß es ein hellgrauer Opel war, ein neueres Modell. Städtisches Kennzeichen. Na und? Juckt mich doch nicht. Die Karre ist geklaut.

Er warf den Koffer hinein, klemmte sich hinters Lenkrad und preschte los. Das Fahrzeug war so geparkt, daß er nicht manövrieren mußte.

Stadtwärts!

Er würde zwei Ortschaften passieren. Dörfer. Dort

bloß nicht so schnell! Schön an die Vorschriften gehalten!

Straßensperre! schoß es ihm durch den Kopf. Ob die Bullen das auf die Beine stellen? Nein! So schnell nicht. Darauf sind sie nicht vorbereitet. Denn es hätte ja sonstwo sein können – auf halber Strecke durch Deutschland –, daß der Erpresser den Befehl zum Abwurf des Geldkoffers gibt.

Meinert fuhr rasch, solange kein anderes Fahrzeug in Sicht war. Er achtete auf einen eventuellen Hubschrauber. Aber nur Schwalben schlugen Kapriolen am Abendhimmel, und in weiter Ferne der südlichen Einflugschneise senkte sich eine Boeing im Anflug auf den Airport.

Unangefochten erreichte Meinert die Stadt.

Hatte sich der Angler das Kennzeichen gemerkt? War es inzwischen an alle Streifenwagen durchgegeben?

Olgas Neffe riskierte nichts, ließ den Wagen auf einem Parkplatz zurück, der zu einer Tennis-Anlage gehörte, wo man eben für den abendlichen Betrieb Flutlicht eingeschaltet hatte.

Zu Fuß weiter! Der Koffer war noch naß. Aber er tropfte nicht mehr. Wie sah das Geld aus? Ebenfalls naß?

Zu spät fiel ihm ein, daß er das Lenkrad nicht abgewischt hatte, ebensowenig wie die übrigen Armaturen. Dort waren jetzt seine Fingerabdrücke. Verdammt!

Andererseits ...

Wenn die Bullen erst mal so weit sind, daß sie mich im Visier haben, dachte er, ist sowieso alles gelaufen. Aber dazu wird's nicht kommen. Was hat ein kleinkrimineller Zocker wie ich mit Erpressung zu tun? Na, also!

Doch sein Puls hämmerte.

Durch die halbe Stadt fuhr er mit dem Bus, erst mit dem 23er, dann mit dem 14er.

Am Bahnhof stieg er endlich in seinen VW. Und weiter! Heimwärts! Dann erreichte er Rönkendorf und die Grünkernallee.

Als er das Grundstück betrat, fiel ihm auf, daß kein Licht brannte.

Die Dämmerung war fortgeschritten. Die Alte sah zwar nicht gut, aber sie haßte es, im Dunkeln zu sitzen.

Er schloß auf.

»Tante Olga!«

Stille.

Verwundert stellte er fest, daß sie nicht da war.

Wahrscheinlich besuchte sie eine ihrer Freundinnen.

Er öffnete den Koffer. Gebündeltes Geld: in Hundertern, Fünfzigern, auch Zwanzigern, keine Zehner, aber etliche Bündel mit Zweihunderter-Scheinen und sogar einige Fünfhunderter.

Eine halbe Million.

Nicht alle Scheine waren naß, aber die meisten.

Er trug den Koffer auf den Speicher. Hier, unterm Dach, war es fürchterlich heiß. Die Hitze des Tages wurde bewahrt wie in einem Backofen.

Gerümpel stand herum, an dem seit Jahren niemand gerührt hatte. Die Alte kam niemals herauf. Die Treppe war zu steil, zu schmal, zu gefährlich. Auch Makbule, die türkische Putzfrau, hatte auf dem Speicher nichts zu suchen.

Der Boden bestand aus trockenen Dielen. Meinert fand einen Besen und kehrte vorsichtig den Staub beiseite, konnte aber nicht verhindern, daß sich ganze Wolken hoben.

Er schwitzte und atmete nur durch die Nase.

Dann begann er, die Banknoten zum Trocknen auszubreiten.

Damit war er noch beschäftigt, als das Telefon klingelte.

Vor der Premiere

Bei Plessendorf«, meldete sich Olgas Neffe. »Meinert am Apparat.«

Daniel deckte eine Hand über die Sprechmuschel.

»Er ist da«, sagte er zu Zappel, der seinen Igel inzwischen gefunden und gefüttert hatte.

»Hier Daniel Loewinger«, sagte der Puma dann. »Leider muß ich Ihnen etwas Betrübliches mitteilen. Frau Plessendorf hat vorhin einen schweren Herzanfall erlitten. Mit völligem Zusammenbruch und Bewußtlosigkeit. Zum Glück waren mein Freund und ich gerade bei ihr. Der Notarzt hat Ihre Tante ins Görlach-Krankenhaus gebracht. Wie wir hörten, geht es ihr inzwischen besser. Aber sie soll noch dort bleiben zur stationären Beobachtung.«

»Um Gottes willen!« rief Meinert. »So ein Unglück!«

Klingt wie ein Jubelschrei, dachte Daniel. Ob der Kerl an unserer Stelle Erste Hilfe geleistet hätte? Oder ob er... Aber das ist Spekulation, und für so unmenschlich halte ich nicht mal den.

»Ja«, sagte Daniel. »Ihr Herz ist angegriffen. Aufregung wäre schädlich.«

»Ich fahre sofort hin. Welches Krankenhaus?«

»Görlach-Krankenhaus. Ich glaube, das ist in der Eilruder Landstraße.«

»Ich weiß. Danke. Hoffentlich ... Warum hast du mich nicht eher angerufen?«

Aha! Daniel grinste. Jetzt willst du raushorchen, ob wir wissen, daß du lange weg warst.

»Ging nicht«, erwiderte er. »Wir mußten heim, und da war Trouble – wenn Sie verstehen, was ich meine. Ärger. Wie das so ist mit Eltern und Großeltern.«

»Und wann ist das mit meiner Tante passiert?« Meinerts Stimme klang lauernd.

»Tut mir leid. Wir haben nicht auf die Uhr gesehen. Jedenfalls waren Sie schon lange weg. So, jetzt muß ich auflegen. Grüßen Sie Ihre Tante. Wiederhören.«

Daniel unterbrach die Verbindung. »Hast ihn im unklaren gelassen«, meinte Zappel.

»Mir schien, er will vorbauen. Vielleicht braucht er ein Alibi. Dann wird er behaupten, er wäre zu Hause gewesen. Eventuell war er im Garten und hat auf dem Rasen die Gräser gezählt, weshalb er das Telefon nicht hören konnte.«

»Da fragt man sich doch, wo er gewesen ist. Vielleicht doch beim Kanu?«

»Sollte mich wundern. Komm, wir fahren zum Theater.«

»Muß ich mich umziehen? Mein T-Shirt ist verschwitzt. Außerdem haben wir keine Karten. Aber Mütterchen und ihre Freundin nehmen uns vielleicht auf den Schoß.«

»Wir gehen nicht *ins* Theater, sondern *zum* Theater. Wir frönen nicht der Kunst – na ja, der Revue-Operette, sondern wir versorgen Mike mit der alles entscheidenden Info. Er muß vom Kanu wissen. Das sind wir ihm schuldig.«

»Igor war noch nicht draußen. Er scheißt wieder den Teppich voll.«

»Ist jetzt nachrangig.«

»Erklär das meiner Mutter!«

Sie brausten mit der Kamikaza los.

Das Palast-Theater – die größte Privatbühne der Stadt und häufig Schauplatz internationaler Gastspiele – liegt etwas abseits vom Getriebe. Ringsum stehen patrizierartige Häuser, saniert, restauriert, modernisiert. Eine gute Wohngegend. Über den Dachgärten spannten sich bunte Markisen. Mancher Wohneigentümer hatte sich dort einen kleinen Dschungel angelegt; und jetzt sah man Windlichter flackern und Lampions schaukeln.

Eine breite, geschweifte Steintreppe führte zum Portal des Theaters, das auf einen Vorplatz hinabschaut.

Die drei Eingänge waren weit geöffnet. Frischluft tat not. Es hatte noch nicht zum Beginn geläutet, und die Besucher standen auf dem Vorplatz oder auf der Treppe. Dort war auch eine Bar aufgebaut: Bier, Sekt, Sekt mit Orange – und für Autofahrer Coke oder Selters.

Daniel hielt in der Taxi-Auffahrt, und die Jungs stiegen ab.

»Siehst du Mütterchen und die Losbowitz?« fragte Zappel.

»Hier stehen mindestens vierhundert Leute. Da muß ich schon zweimal hinschauen.«

Mike und Jessica standen vor dem Haupteingang auf der obersten Stufe. Beide schlürften Sekt. Mike trug schwarze Hose, Lackschuhe, weißes Seidenjackett und schwarzgepunktete Fliege. Jessica war ein Traum mit roter Mähne bis zum Po. Das schwarze Cocktailkleid mit weißer Stoffrose am Ausschnitt sah aus wie ein Pariser Modell, war aber ein Schlußverkaufs-Schnäppchen im Kaufhaus SUPERKLOTZ.

»Guten Abend!« wünschte Daniel und strahlte Jessica an.

»Hallo, Daniel! Hallo, Philipp!«

Sie lächelte zurück.

»Ich dachte«, sagte Mike über sein Glas hinweg, »ihr wärt unterwegs zu einer kleinen Bahnreise.«

Daniel verzog das Gesicht. »Leider haben wir den Zug verpaßt.«

»Wie bitte?«

»Nicht aus Bummelei, sondern weil wir beim Herzanfall einer alten Dame unabkömmlich waren.«

»Ernsthaft?«

»Bei Herzleiden spaßen wir nie.«

Jessica, die braune Mandelaugen hat, reichte Daniel ihr Glas.

»Willst du einen Schluck?«

Er nippte. Anstandshalber. Bedankte sich dann überschwenglich.

»Ich habe an der Stelle getrunken, wo Ihr Lippenstift war, Jessica. Aus Sekt als solchem mache ich mir nichts.«

Sie lächelte. »Wenn du mir nicht bald ewige Treue schwörst, Mike, wechsele ich über zu deinem Bruder.«

»Der ist minderjährig«, grinste der LKA-Kommissar. »Außerdem hat er eine heimliche Liebe – und du bist das nicht.«

Jessica hatte natürlich keine Ahnung von Daniels Puma-Identität, wußte aber ebensowenig von der traurigen Rolle als Schlaffi, die Mikes jüngerer Bruder im Alltag und vornehmlich in der Schule spielt. Jessica hielt Daniel für einen Jugendlichen mit vielversprechender Zukunft.

»Wollt ihr uns nur einen schönen Abend wünschen«, fragte Mike, »oder etwa auch in die Vorstellung?«

»So sind wir leider nicht gewandet.« Daniel blickte an sich hinab. »Wir sind verdreckt und verschwitzt. Nie ginge ich so ins Theater, obwohl ich da – wenn ich mich so umsehe – in zahlreicher Gesellschaft wäre, allerdings nicht in guter. Himmel, wo sind die schönen Zeiten hin, als man sich noch fein machte? Du siehst ja manierlich aus. Und vor Jessica möchte man niederknien. Aber guckt euch die Typen an – dort, dort und dort. Speckige Jeans, T-Shirts, Gammel-Blusen, Shorts und nackte Füße in Turnschuhen. Geht man so ins Theater? Ist doch eine Beleidigung für die Künstler und für den Anlaß.«

»Für einen Vertreter deiner Generation«, sagte Jessica, »vertrittst du eine fast gruftige Auffassung.«

Daniel schüttelte den Kopf. »Ich bin sehr für Lässigkeit. Aber alles an seinem Platz und alles zu seiner Zeit. Mit ein bißchen Manieren und schönem Aussehen wird die Welt angenehmer, die Situation sowieso – und man gefällt sich auch selber besser. Wer immer wie 'ne Sau rumläuft, nur um zu zeigen, daß er nichts achtet und ihn nichts interessiert – der sollte doch gleich zu Hause bleiben.«

Mike nickte. »Du sprichst mir aus dem Herzen, kleiner Bruder. Ihr seid also gekommen, um uns eure Philosophie von den guten Manieren wissen zu lassen.«

»Nee«, Daniel zog das *Fluchtgefahr*-Taschenbuch hervor. »Wir wollen dir die erste Auflage dieses Krimis zeigen. Du kennst die zweite oder dritte. Ebenso wie Meinert. Während dem Weber diese Auflage vorlag.«

»Das hört sich dienstlich an«, sagte Jessica. »Daniel, wie kannst du! Mike soll entspannen. Wenigstens hier will ich diese schreckliche Kriminalität von ihm fernhalten.«

»Hast ja recht, Liebling.« Mike küßte ihre Fingerspitzen. »Aber diese Sache ist wichtig.«

Er blätterte durch die Seiten.

Dann hob er den Kopf.

»Kanu!«

»Ja, Kanu.«

Mike überlegte. »Welches?«

Daniel und Zappel hoben beide die Schultern.

»Hat er eins?« fragte Mike.

»Wissen wir noch nicht.«

»Weshalb seid ihr dann hier und nicht in der Grünkernallee?«

»Wir wollten erst deine gütigste Erlaubnis einholen.«

»Blödsinn! So seid ihr doch sonst nicht.«

»Vorhin war er stundenlang weg.«

»Beim Kanu?«

»Ich glaube eher: bei Marion Unnert.«

»Wie bitte?«

»Er hat Entführungs-Utensilien im Auto versteckt – und allen Grund, die Ankunft des Mädchens bei Tante Olga zu verhindern.«

»Weshalb?«

»Hat wertvolle Gemälde aus der Galerie der alten Dame heimlich entwendet. Hat Fotokopien oder so in die Rahmen gehängt und hofft, sie würde nichts merken. Denn wenn sie was merkt, müßte er mit totaler Enterbung rechnen, denkt er. Und wenn Marion da ist,

fliegt der Schwindel natürlich auf. Meinert weiß ja nicht, daß seine Tante längst im Bilde ist und ihm verziehen hat, was dieser Saukerl nicht verdient. Marions Beseitigung wäre also ein Verbrechen unter völlig falscher Voraussetzung. Ein fataler Irrtum!«

Jessica zog eine Schnute. »Ich verstehe kein Wort von eurem Gerede. Da sich niemand um mich kümmert, hole ich mir noch ein Glas Sekt.«

»Ich begleite Sie«, sagte Zappel. »Ich brauche eine Coke. Sonst schlaffe ich ab.«

Die beiden zogen los. Auf dem Weg zur Bar stießen sie auf Zappels Mutter und deren Freundin.

Daniel sah, wie sein Freund die gegenseitige Vorstellung besorgte und man miteinander redete.

»Wir sind gerade erst angekommen«, sagte Mike. »Ich war schon beim Einparken, als mein Autotelefon klingelte. Jessica hat mir auf die Finger geklopft. Aber diensteifrig, wie ich bin, habe ich mich trotzdem gemeldet. Ebensteyn war's. Die Aktion ist schiefgegangen. Der Kaufhaus-Direktor bestand ja leider darauf, daß echtes Geld abgeworfen wird – für den Fall einer nicht erfolgenden Verhaftung. Klar, die vom SUPERKLOTZ haben Muffengang. Noch eine Bombe – und sie können ihr Lädchen erst mal schließen. Tja, das Kommando zum Geldtaschen-Abwurf kam schon nach einer Viertelstunde. Die Herren Kollegen waren noch damit beschäftigt, Tarnanzüge anzuziehen und Springerstiefel. Beim Kahlenfels – kennst du? – flog der Geldkoffer raus. Und der Erpresser konnte entkommen. Man vermutet, daß es zwei sind. Einer muß im Zug gewesen sein mit 'nem CB-Funkgerät. Der andere lauerte draußen. Das Geld ist futsch. Eine schaurige Blamage für die Vertreter von Recht und Ordnung. Einer hat sich beim Absprung das Fußgelenk gebrochen. Ein anderer ist gegen einen Baumstamm geprallt und hat sich einen Zahn ausgeschlagen. Ein Jammer, daß du nicht dabei warst, Puma. Hätte zu gern gewußt, auf welche Weise du dich verletzt.«

»Ich gewinne jeden Aus-dem-Zug-springen-Wettbewerb. Das soll demnächst olympische Disziplin werden.«

Sie schwiegen nachdenklich.

»Die Probleme werden nicht kleiner«, sagte Daniel dann. »Der verdammte Erpresser entkommt. Marion Unnert bleibt verschwunden. Und wo ist das Kanu mit Webers Millionen-Beute? Aber was das Schlimmste ist: Garantiert erlebt ihr heute abend eine himmelschreiend langweilige Premiere.«

»Das wäre der totale Abschluß«, nickte Mike grinsend. »Sie würden mich rauswerfen, weil ich im Sitzen immer schnarche. Im Liegen nie, aber immer im Sitzen.«

»Ich wußte nicht, daß du im Büro liegst.«

»Dort liege ich nicht, dort sitze ich nicht, dort bin ich eigentlich nie. Ich mache Außendienst als verdeckter Ermittler. Alle, die mich lieben, zittern deshalb um mich. Aber dir ist das wurscht. Du weißt das nicht mal.«

»Es genügt, wenn Jessica zittert. Trinkt sie eigentlich immer soviel?«

»Gönn ihr das zweite Gläschen.«

»Ich habe eine Idee«, sagte Daniel. »Meinert ist jetzt im Görlach-Krankenhaus bei seiner Tante – denn die hatte den Herzanfall. Mit deiner Erlaubnis dringen Zappel und ich in die Villa ein und sehen uns um. Vielleicht finden wir einen deutlichen Hinweis auf Marion Unnerts Verbleib. Oder auf das Kanu.«

»Das ist Einbruch. Meine Erlaubnis gebe ich nie.«

»Stell dich nicht an. Als Undercover-Agent machst du ganz andere Sachen.«

Mike grinste. »Ich bin volljährig und kann mein Leben nach eigenem Gutdünken verpfuschen. Ihr seid Kids und unsere Hoffnung von morgen.«

»Es hat geläutet. Die Vorstellung beginnt.«

Jedermann strebte hinein.

Clarinda Wappenholt und ihre Freundin winkten Daniel zu und ließen sich mitziehen vom Strom der Besucher.

Zappel und Jessica kamen.

Die junge Frau hatte ein Programmheft gekauft und kritisierte den Preis: zwanzig Mark für die bebilderte Broschüre.

Die Jungs wünschten viel Vergnügen – und standen dann bald allein auf der Treppe. Auch der Vorplatz war jetzt leer.

»Andere geben sich der Lustbarkeit hin.« Daniel lachte. »Aber wir arbeiten. Eine Puma-Aktion. Wir knacken die Villa, ohne daß was kaputtgeht, und sehen uns bei Olga Plessendorf um.«

»Warum bei ihr? Meinert ist wichtig.«

»Er wohnt doch bei ihr. Täte ich auch. In dem schönen großen Gemäuer wäre Platz für 'ne Großfamilie.«

Der Erpresser des Erpressers

Ein seelischer Kick war's. Ein Gefühl wie Jackpot-Gewinn und Vollrausch in einem.

Egon Zeidler tanzte umher in seiner Wohnung, hörte, wie der Nachrichtensprecher die Wettermeldung verlas, sprang dann zum Radio und schaltete ab.

Die Lokal-Nachrichten. Eben war es durchgekommen. Die Presse war hart am Ball gewesen und hatte eine Polizeifunk-Durchsage abgehört, hatte sofort nachgehakt im Präsidium – und dort mußte Polizeipräsident Dr. Baldur Ebensteyn dann leider bestätigen: Seine Leute hatten versagt. Vor zwei Stunden waren sie genasführt worden von dem unbekannten Kaufhaus-Erpresser. Der hatte bei der Geldübergabe eine halbe Million kassiert und war unerkannt entkommen. Peinlich! Peinlich!

Aber großartig für mich, dachte Zeidler und erinnerte sich an den schicksalhaften Moment am Donnerstag, als ihm in der Porzellan-Abteilung des Kaufhauses SUPERKLOTZ der Bullenschädeltyp aufgefallen war – und er beobachtet hatte, wie der die Höllenmaschine – die mutmaßliche – unter einem Regal versteckte.

Es mußte eine gewesen sein. Denn wenig später erfolgte die Explosion.

Zu dem Zeitpunkt hatte Zeidler im Parkhaus bereits den Unfall herbeigeführt, um Bullenschädels Personalien festzustellen. Der hatte ihm seine Visitenkarte überlassen.

Klaus Frowinkl hieß er. Adresse und Telefonnummer standen dabei.

Und nun...

Beim Kahlenfels, an der Bahnstrecke nach U., war dem Erpresser eine halbe Million zugeflogen, die der Überbringer aus dem Zug geworfen hatte, nach Aufforderung über CB-Funk.

Meisterhaft! dachte Zeidler. Und jetzt hole ich mir meinen Anteil. Nämlich vierhunderttausend!

Er griff zum Telefon und wählte Frowinkls Nummer.

Nach dem zweiten Läuten wurden abgehoben.

»Ja?«

Es war die harte Stimme, die er größtenteils als Gebrüll kannte. »Frowinkl?«

Zeidler hielt sich die Nase zu, um seine Stimme unkenntlich zu machen.

»Ja.«

»Na, schon zu Hause?«

»Was? Wer spricht dort?«

»Ich war zufällig am Kahlenfels.«

»Wer sind Sie?«

»Und ich habe Sie beobachtet, Frowinkl.«

»Mich? Was? Wie? Wo? Was wollen Sie, Mann? Ich weiß nicht, wovon Sie reden.«

»Hören Sie auf mit dem Theater, Frowinkl. Ich habe alles gesehen.«

»Was gesehen?«

»Die Geldübergabe. Sie sind der Kaufhaus-Erpresser. Erst konnte ich mir nicht erklären, was ich da zufällig beobachtet habe. Doch eben kam die Meldung im Hörfunk. Jetzt habe ich Durchblick.«

»Spinnen Sie, Mann? Ich verstehe kein Wort.«

»Na, gut! Als pflichtbewußter Staatsbürger gebe ich der Polizei Bescheid. Die wird sich um sie kümmern.«

Nach einer Weile sagte Frowinkl: »Sie irren sich zwar. Aber mit den Bullen will ich trotzdem nichts zu tun schaffen haben. Worum geht's?«

»Worum wohl? Natürlich um meine Beteiligung. Um Schweigegeld.«

»Ich bin nicht vermögend.«

»Sie haben vor meinen Augen eine halbe Million Mark eingesammelt. Ich bin kein Unmensch. Hunderttausend lasse ich Ihnen. Für den Streß, den Sie hatten, haha! Die übrigen Mäuse kriege ich. Klar?«

»Sind Sie wahnsinnig! Ich habe das Geld nicht.«

»Vierhunderttausend – sonst haben Sie die Bullen auf dem Hals. Halten Sie das Geld bereit. Ich melde mich wieder. Heute noch. Abends um elf. Alles klar?«

Zeidler legte auf, ohne die Antwort abzuwarten.

Am anderen Ende der Leitung ließ Frowinkl alias Froschegger langsam den Hörer sinken. Der Bullenschädel lief dunkel an vor Wut, aber dann verging der Anfall, und ein hinterhältiges Grinsen spreizte die blassen Stellen im roten Gesicht – jene blassen Stellen, die vor kurzem noch bedeckt gewesen waren vom mongolischen Schnurrbart.

»Du Sau!« murmelte er. »Aber das machst du nur einmal. Du lebst schon nicht mehr.«

Er wählte Olga Plessendorfs Nummer.

War Meinert zurück aus dem Krankenhaus?

Sein Komplice hatte vorhin angerufen, hatte von erfolgreicher Aktion berichtet – aber auch vom Herzanfall der Alten und daß er nun sofort ins Krankenhaus müsse.

Frowinkl horchte aufs Freizeichen.

Niemand hob ab.

Auch egal.

Meinert hatte den Schlüssel zur Hintertür unter die Fußmatte gelegt – für den Fall, daß es länger dauern würde im Krankenhaus. Denn Frowinkl wollte das Geld sehen. Nicht, um sich daran zu weiden, sondern weil er einen größeren Betrag dringend brauchte.

Natürlich trockene Scheine. Die feuchten sollten noch auf dem Dachboden bleiben.

Frowinkl verließ seine Wohnung und stieg in den Audi, den er sich bis zur Reparatur seines eigenen Wagens geliehen hatte.

Frowinkl kannte Meinerts Adresse, war einmal sogar in der Villa gewesen.

Der Erpresser fuhr los. Es dunkelte. Der Abend war heiß. Am Himmel ballten sich Gewitterwolken zusammen. Kein Windhauch war zu spüren. Schwüle drückte auf das Häusermeer.

Lebensgefahr für die Kids

Daniel hielt an der Ecke, reichlich zweihundert Meter von Olga Plessendorfs Grundstück entfernt.

Die Grünkernallee lag da wie ausgestorben. Die meisten Häuser waren dunkel. Nur hinter wenigen Fenstern schimmerte Licht.

»Schlafen die Leute schon?« fragte Zappel.

»Uns kann es recht sein.«

»Allen Einbrechern ist das recht.«

»Kannst du noch lauter schreien? Dann weckst du die Leute.«

»Wäre Frevel.«

Sie ketteten die Schutzhelme an die Maschine.

Daniel nahm den Ledersack mit, der die Puma-Klamotten enthielt.

Sie liefen zur Einfahrt und flankten über die Pforte.

»Wie ich's mir dachte«, flüsterte Daniel. »Meinert ist bei seiner Erbtante.«

»Hast du Dietriche und Sperrhaken mit?«

»Habe ich doch immer. Ist wichtiger als Portemonnaie und Taschentuch.«

An der Haustür holte Daniel eine Punktstrahler-Lampe aus dem Ledersack und leuchtete kurz auf das Schloß.

»Kompliziert. Könnte länger dauern. Sehen wir mal zur Hintertür. Bei diesen alten Hütten geht's dort meistens leichter.«

Die Hintertür auf der Nordseite der Villa erwies sich als einbrecherfreundlich. Büsche mit dichtem Blätterkleid schirmten sie nach allen Seiten ab. Das Schloß war aus der Steinzeit.

Daniel klirrte leise mit seinem Einbruchs-Werkzeug, war aber noch mit der Suche nach dem richtigen Sperrhaken beschäftigt.

»Mensch!« flüsterte Zappel. »Da!«

»Was ist?«

»Da! Beim Kaminholz an der Mauer. Täuscht mich die Dunkelheit, oder liegt dort ein Boot?«

Daniel spürte, wie sein Blut schneller floß. Denn tatsächlich – dicht an der Mauer lag ein Kanu, kieloben, abgestützt von zwei Holzpflöcken. Sein Anstrich – wasserabweisend, konservierend – glänzte in der Dunkelheit.

»Das ist ein Kanadier«, flüsterte Daniel. »Dazu gehören Stechpaddel.«

»Und eine Drei-Millionen-Beute!«

»Hier? Einfach so drunter geschoben? Und das vor mehr als einem halben Jahr? Eher nicht, würde ich sagen.«

Aber sie traten zu dem Kanu, hoben es an – jeder an einer Seite – und drehten es um.

Daniel leuchtete hinein.

Es war leer.

Er leuchtete den Boden ab. Er war geteert. Ein

anderthalb Meter breiter Streifen zog sich entlang an der Nordseite der Villa.

»Vergraben ist hier nichts. Die Teerdecke ist Jahre alt.«

»Aber ein bißchen näher sind wir dran an der Beute.«

»Zumindest die Richtung stimmt. Wenn wir Meinert das Codewort verraten und ihn dann ein bißchen foltern, kämen wir sicherlich ans Ziel. Aber Folter ist verboten.«

Daniel knackte die Tür.

Sie öffnete sich, und dem Puma rutschte der Sperrhaken aus der Hand.

Das Werkzeug fiel zu Boden, klirrte aber nicht, denn dort lag eine Fußmatte.

Daniel hatte während seines Tuns darauf herumgetrampelt. Sie war etwas zur Seite gerutscht. Als er sich jetzt bückte, um den Sperrhaken aufzuheben, stieß er auf den Schlüssel.

»Das hätten wir einfacher haben können. Aber damit rechnet kein Einbrecher.«

Er legte den Schlüssel zurück, und sie schlüpften ins Haus.

An den meisten Fenstern waren die Vorhänge geschlossen. Das erlaubte zwar nicht, die Deckenleuchten einzuschalten, aber die Jungs konnten ihre Taschenlampen benutzen.

»Und wonach suchen wir jetzt?« fragte Zappel.

»Erst mal nach Meinerts Zimmer.« Sie tappten durchs Parterre, sahen sich alles an: Landhausküche, Gästeklo, Treppe zum Keller, Frühstückszimmer, Speisezimmer, Bibliothek, den Silber-Salon, den sie schon kannten, und die urige Kamindiele mit Möbeln von 1910.

Dort führte die Treppe hinauf. Oben war die Galerie. Dahinter ein Flur mit etlichen Türen.

Olgas Schlafzimmer. Ihr Bad. Zwei Gästezimmer, zu denen ebenfalls ein Bad gehörte.

»Das hier«, sagte Daniel und leuchtete die vermeintlichen Kunstwerke an, die im Flur an den Wänden hingen, »sind die Folgen von Meinerts Dieberei. Nicht ungeschickt. Die Fotos sind gut. Mindestens so gut wie Kunstdrucke. Trotzdem hat Makbule den Unterschied gecheckt. Verachte mir keiner die türkischen Putzfrauen! Und Olgas sensible Finger haben dann ertastet, was Sache ist.«

Zappel strich über eine heroische Landschaft in der Manier von Claude Lorrain.

»Wie Lisas Haut.«

»Was?«

Zappel grinste. »Ich meine, so glatt stelle ich mir Lisas Haut vor.«

»Pst!« Daniel löschte seine Lampe.

»Was ist?«

»Ein Wagen hält bei der Einfahrt.«

»Meinert?«

»Abwarten.«

Daniel öffnete die Tür eines Gästezimmers. Sie knarrte nicht. Er lehnte sie an. Notfalls konnten sie rasch hineinschlüpfen.

Sie schlichen zurück auf die Galerie. Von hier konnte man übers Geländer in die Kamindiele hinabsehen – jedenfalls bei Tage. Jetzt hoben sich nur hier und da graue Gebilde aus der Finsternis: Möbel und die Umrisse der Fenster.

An der Hintertür, die in die Diele führte, war ein Geräusch. Ein Schlüssel knirschte im Schloß.

Jemand fluchte. Dann flog die Tür auf und gegen die Wand.

»Tststststs...«, zischte die Stimme, die sonst sicherlich schwer war. »Der Idiot hat nicht abgeschlossen.«

Der Mann trat ein. Und machte ungeniert Licht. Die Tür fiel ins Schloß, und er kam aus dem toten Winkel heraus, den die Jungs – die hinter dem Geländer knieten – nicht einsehen konnten. Dem Puma blieb die Spucke weg.

Er kannte den Typ. Am Donnerstag hatte er ihn im Kaufhaus gesehen und später identifiziert als Verdächtigen. Dazu hatte Mike aus dem LKA-Computer Infos beschafft, und der Verdacht bestätigte sich: Hubert Froschegger, einschlägig vorbestraft.

Sein kahler Bullenschädel glänzte. Er trug auch jetzt die schwarze Lederjacke. Doch den Schnurrbart hatte er abgenommen. Schöner wurde er dadurch nicht. Aber es veränderte ihn.

Er kam zur Treppe.

Leise wie Schatten huschten die Jungs in den Flur Richtung Gästezimmer.

Eine Diele knarrte.

Froschegger, der schon drei Stufen genommen hatte, verharrte.

»Jochen?« hörten die Jungen seine Stimme.

Aha! dachte Daniel. Deshalb! Sie kennen sich: Olgas Neffe und er. Und nicht nur das! Sie sind vertraut. So vertraut, daß der Erpresser spätabends hier eindringt. Ich fasse es nicht.

Sie waren ins Gästezimmer gehuscht, und Daniel drückte die Tür an die Kante, ohne sie ganz zu schließen.

Schwere Schritte polterten die Treppe herauf.

Zappel preßte sich neben der Tür an die Wand.

»Der ist gefährlich«, wisperte er.

»Sind wir auch.«

»Bestimmt hat der 'ne Waffe.«

Sicherlich, dachte Daniel. Also Grund zur Vorsicht.

Aber Froschegger kam nicht in den Flur, sondern stieg die nächste Treppe hinauf. Sie führte von der Galerie ins zweite Obergeschoß, wo die Räume schräge Wände hatten.

Früher hatte man dort die Dienstboten untergebracht, alten Plunder, Reisegepäck und im Sommer die Wintergarderobe.

Froschegger stieg noch weiter hinauf.

Die Jungs hörten es. Offenbar führte eine weitere Treppe zum Speicher, zum Dachboden.

Eine Tür knarrte. Dann rumpelten schwere Schritte in der Höhe. Es klang, als schreite der Schornsteinfeger übers Dach, bemüht, keine Ziegel kaputt zu treten.

Stille. »Was macht der da oben?« flüsterte Philipp.

»Vielleicht baut er eine neue Bombe zusammen. Oder er wohnt dort. Aber das hätte Tante Olga gemerkt. Nein, er holt was. Wir werden gleich sehen.«

»Dieser Meinert ist schlimmer, als wir dachten.«

»Du sagst es.«

»Hat der überall seine Finger im Spiel? Für den Doppelmörder Weber soll er die Beute heben und mit dieser Jutta Giesen teilen. Wahrscheinlich hat er Lisas Brieffreundin entführt – oder gar umgebracht. Katzen werden durch ihn ihrer Fruchtbarkeit beraubt. Und mit dem Bombenleger und Kaufhauserpresser Froschegger verbindet ihn offenbar ein gemeinsames Interesse.«

Daniel sprach aus, was er seit zwei Wochen dachte: »Vielleicht war Meinert der zweite Mann bei der Geldübergabe.«

»Uih!«

»Er war lange Zeit weg. Ich habe mir am Telefon die Finger krumm gewählt.«

»Zeitlich stimmt es genau.«

»Dann ist das Geld auf dem Speicher. Und Froschegger füllt sich die Taschen, weil er heute abend einen draufmachen will. Mit großem Gefreß und viel Schnaps. So einen Coup, den muß man doch feiern! Und unser Jochen wäre natürlich dabei, wenn nicht – wie dumm! – seine Tante so krank wäre.«

Wieder dröhnten Schritte auf der Dachboden-Treppe. Froschegger kam zurück.

Im selben Moment hielt ein Wagen vor der Einfahrt. Der Motor blubberte noch mal, wurde dann ausgeschaltet.

Hört sich nach VW an, dachte Daniel. Das könnte Meinert sein.

Er war's – und kam zur Haustür herein.

»Hubert?«

Froschegger, der offenbar auf der Galerie gewartet hatte, lachte.

»Woher weißt du, daß ich's bin?«

»Wer sonst wäre so dreist?«

Froschegger stieg die letzten Stufen hinunter.

»Ich habe mir zwanzig Riesen genommen. Sobald die Scheine trocken sind, werden wir nachzählen. Nicht, daß die Kaufhaus-Typen uns behumsen. Jetzt müssen es also noch vierhundertachtzigtausend sein. Oder hast du schon hingelangt?«

»Keine Mark, Hubert. Ich warte, bis alles trocken ist. Der Koffer mußte ja ins Wasser fallen. Wahrscheinlich hat das der Geldbote mit Absicht gemacht. Ich habe den Koffer sofort rausgezogen. Aber das Wasser war schon drin.«

»Macht nichts. Aber sag nicht immer Hubert zu mir. Hubert Froschegger ist tot. Klaus heiße ich jetzt. Klaus Frowinkl.«

»Klar. Weiß ich. In Gegenwart anderer passiert mir das nicht.«

»In Gegenwart anderer kennen wir uns nicht. Die Begegnung in der Bahnhofskneipe war 'ne Ausnahme.«

Die Jungs verstanden jedes Wort.

Daniel hatte die Tür etwas geöffnet.

»Ich hole uns ein Bier«, sagte Meinert. »Muß den Ärger runterspülen. Der Alten geht's besser.«

»Du würdest die Erbschaft ja doch nur verzocken.«

Meinert antwortete nicht.

Sie hörten, wie er in die Küche ging und den Kühlschrank öffnete. Offenbar wurden zwei Flaschen geöffnet. Glas klirrte.

»Das Geld haben wir«, sagte Frowinkl alias Froschegger. »Aber mir sitzt ein stiller Teilhaber im Genick.«

»Meinst du mich?«

»Quatsch! Ich werde erpreßt.« Er lachte.

»Erpreßt?« fragte Meinert. »Wieso? Womit?«

»Ein Oberschlauer. Der Kerl muß mich beobachtet haben, als ich im Kaufhaus die Bombe ablegte.«

»Was?«

»Er hat offenbar richtig vermutet, ist mir gefolgt und hat sich dann sehr pfiffig verhalten. Aber nicht pfiffig genug.« Frowinkl lachte abermals. »Jetzt will er mir das Geld abnehmen. Er verlangt vierhunderttausend. Ein Fünftel läßt er mir großzügigerweise. Entweder – oder er hetzt die Bullen auf mich. Um elf heute abend wird er sich wieder bei mir melden. Telefonisch.«

»Hubert! ... äh ... Klaus! Du erzählst das wie einen Witz. Was ist daran komisch?«

»Komisch ist, daß der Kerl dann im Parkhaus mutwillig einen Unfall verursacht hat – indem er auffuhr auf meinen Wagen.«

»Mutwillig?«

»Am Donnerstag habe ich das natürlich nicht gecheckt. Jetzt weiß ich's. Klar, es war für ihn der bequemste Weg, um meine Personalien festzustellen. Denn die tauscht man ja mit dem Unfallwagen aus, nicht wahr? Der Typ hat damals schon gewußt, was er will: das Geld einheimsen, das ich unter Streß und Gefahren ergattere. Erst mal hat er abgewartet: die Explosion, dann die Geldübergabe. Daß der Erpresser das Geld hat, kam vorhin in den Radio-Nachrichten. Und prompt rief die Sau bei mir an.«

»Ja, und?« Meinert schien völlig entgeistert zu sein.

»Der Kerl hat seinen Fehler gemacht, seinen entscheidenden Fehler.«

»Nämlich?«

»Von dem, was ich mir jetzt zusammengereimt habe, konnte er natürlich nichts rauslassen. Er will ja überleben. Also hat er behauptet, er wäre vorhin am Kahlenfels gewesen – ganz zufällig, natürlich – und hätte mich gesehen. Hätte die Geldübergabe beobachtet und sich dann – aufgrund der Hörfunk-Info – das Richtige zusammengereimt.«

»Er will dich dort gesehen haben?«

»Sagt er. Aber du warst dort.«

»Ich verstehe noch nicht, wieso du auf deinen Unfallgegner kommst?«

»Ich bin in dieser Woche umgezogen. In der neuen Wohnung bin ich erst seit Dienstag. Eine neue Adresse. Eine neue Telefonnummer. Du weißt das. Wer sonst? Niemand. Bis auf... ja, Visitenkarten habe ich mir drucken lassen. Finde ich irgendwie schick. Und offiziell arbeite ich ja als Handelsvertreter für Gaststätten-Zubehör. Eine einzige Visitenkarte habe ich bisher weggegeben. Eine einzige. An meinen Unfallgegner. Also muß der unser Teilhaber sein.«

»Wie heißt er?«

»Egon Zeidler.«

»Egon? Ich glaube, alle miesen Typen heißen Egon. Ich kenne zwei, die so getauft wurden. Beide sind zum Kotzen.«

Frowinkl lachte heiser. »Ich kenne Kotztypen, die auch auf andere Namen hören.«

»Und jetzt?«

»Er hat meinen Wagen demoliert. Und erpreßt mich. Von dir ahnt er nichts. Ich muß ihn beseitigen. Ist in diesem Fall reine Notwehr. Das müßte sogar der Staatsanwalt einsehen.«

»Ich fürchte, der sieht das anders.«

»Interessiert mich nicht. Denn erfahren wird er's nie.«

Für einen Moment herrschte Stille.

Beide tranken ihr Bier und hatten sich offenbar in den gemütlichen Sesseln der Kamindiele niedergelassen.

Nach einer Weile sagte Frowinkl: »In der Bude hier spukt es.«

»Wieso?«

»Die Dielen knarren. Vorhin war mir, als hätte ich Schritte gehört – im ersten Stock.«

»Schritte?«

»Ist natürlich Einbildung.«

»Du, Klaus!« Meinert senkte die Stimme, die jetzt aufgeregt klang. »Ich glaube, die Kids sind in der Nähe.«

»Wer?«

»Zwei Jungs, die mir verdammt auf die Nerven gehen. Die beiden haben mich auf dem Kieker wegen... wegen 'ner anderen Sache. Und sie sind hier in der Gegend. Ich sah ihr Motorrad. Eine schwere Kamikaza, seltenes Modell. Es steht hinten an der Ecke zum Flöringer Weg. Halb versteckt in 'nem Busch. Aber ich hab's trotzdem gesehen.«

Scheiße! dachte Daniel. Der Mistkerl ist aufmerksamer, als man denkt. »Die Hintertür war offen«, sagte Frowinkl.

»Was?« Ich hatte abgeschlossen und den Schlüssel unter die Matte gelegt.«

»Der Schlüssel war da, aber die Tür war offen.«

Stille.

Den Jungs standen die Haare zu Berge.

»Sie... könnten... oben...«, flüsterte Frowinkl so leise, daß nur einzelne Silben herauf drangen.

Stühle wurden gerückt. Oder Sessel.

»Hier kannst du nicht schießen«, sagte Meinert halblaut und nervös.

Dann berührte ein Metall ein anderes, und Frowinkl sagte: »Wozu habe ich den Schalldämpfer?«

Schritte kamen die Treppe herauf – Schritte von vier Füßen.

»Wir durchsuchen die Zimmer«, sagte Frowinkl.

Daniel hörte, wie Zappels Zähne klapperten; und ihm selbst war auch nicht viel wohler.

Denn gegen einen bewaffneten Gewalttäter, der mit Pistole oder Revolver umgehen kann, ist die beste asiatische Kampfkunst als Verteidigung nichts wert.

Tränen im Zug

Der Zug raste durch die Nacht. Aber es war nicht mehr weit bis zum Ziel, der Millionenstadt. Nur noch zehn Minuten.

Marion Unnert saß allein im Abteil.

Die Fensterscheibe spiegelte ihr Gesicht, und obwohl das Bild hinter Tränen verschwamm, sah sie doch den viel zu großen Mund – das Karpfenmaul – und die riesenhaften Ohren, die das dünne Blondhaar nicht verdecken konnten.

Marion Unnert weinte. Sie weinte seit Stunden und war fast noch unglücklicher als am Donnerstag.

Zur Hölle mit dieser Art Leben!

Gestern war sie glücklich gewesen, gestern, am Freitag.

Verzweiflung, Glück, heute wieder Verzweiflung – wie würde es weitergehen? Was kam morgen?

Von jetzt auf nachher hatte sie sich entschlossen, nun doch zu ihrer Brieffreundin zu fahren, zu Lisa.

Ein Entschluß, der geboren wurde aus Not und Verzweiflung. Denn auch Frank Leupell, der Salzburger

Detektiv, hatte sich als grauenvoller Mistkerl erwiesen.

Alle wollen mich nur ausnutzen, dachte Marion. Was mache ich falsch? Andere sind noch häßlicher als ich. Und denen passiert so was nicht. Bin ich zu bedenkenlos?

Sie öffnete die Pralinenpackung, die sie unterwegs gekauft hatte. Eigentlich wollte sie auf Süßigkeiten verzichten – wegen ihres pickligen Teints. Süßigkeiten schaden nicht nur den Zähnen. Auch das Blut wird übersäuert. Marion wußte das. Aber wenn der Kummer in ihr nagte, konnte sie nicht anders – mußte sie sich mit Schokolade, Keksen und Pralinen vollstopfen.

Noch acht Minuten – falls der Zug pünktlich war.

Mit dem Mund voller Marzipan ging sie zur Toilette, kam dann zurück, stellte die halbleere Packung beiseite und entschied, die beiden Zeitschriften, die sie nur durchgeblättert hatte, liegenzulassen.

Sie nahm ihren Koffer von der Ablage.

Er enthielt nicht nur persönliche Dinge, sondern auch fünf Millionen Schilling – aus dem Safe des Kunsthändlers Risl-Krachkranider.

Marion hatte das Geld nicht zurückgelegt, sondern abermals eingesetzt, um privates Glück zu erkaufen. Natürlich vergebens.

Erst, dachte sie, rufe ich Mama an. Vielleicht ängstigt sie sich, weil ich heute morgen nicht eingetroffen bin bei Lisa. Ich muß Mama alles sagen. Ich muß. Dann habe ich's runter von der Seele, und man wird sehen, ob ich deshalb ins Gefängnis komme. Ja, gleich im Bahnhof rufe ich die Mama an. Dann melde ich mich bei Lisa. Aber nur telefonisch. Oder ist es zu spät dafür? Was ist höflicher: bis morgen warten? Oder anrufen zu später Stunde?

Der Zug verlangsamte die Fahrt.

Marion nahm ihren Koffer und ging durch den Gang zum Vorraum, wo sie sich an die Eingangstür stellte.

Ja, ich rufe Mama an, dachte das Mädchen. Und dann nehme ich ein Taxi und lasse mich zu Tante Olga bringen in die Grünkernallee.

Tante Olga ist nett gewesen am Telefon. Aber ihren Neffen kenne ich noch nicht. Mama ist ihm auch nur einmal begegnet. Vor langer Zeit. Kein Kontakt zu Tante Olga. Warum eigentlich nicht? Wegen einer dummen Bemerkung vor einem halben Jahrhundert, jedenfalls vor vielen Jahren. Erst jetzt renkt sich das ein, und vielleicht kriege ich doch was aus dem Nachlaß, wenn Tante Olga mal die Augen für immer schließt.

Der Zug hielt.

Marion öffnete die Tür und stieg aus.

Nur wenige Mitreisende verließen den Zug.

Leupell war nicht darunter. Logo! Wäre er im Zug gewesen, hätte er sie gefunden.

Aber sie war sicher, daß er sie verfolgte. Und leider kannte er ihr Ziel.

Marions Koffer war schwer. Doch sie konnte ihn rollen und an einem Griff hinter sich herziehen.

In der Halle war nicht viel los – die Hektik des Tages war der Öde gewichen. Einige Reisende warteten auf den Nachtzug nach X. Ein paar suspekte Typen, denen man ihr verdächtiges Gewerbe ansah, warteten auf Kunden – auf Fixer und Kokser. Zwei Betrunkene saßen auf einer Bank. Einer war total blau, der andere noch nicht ganz. Der Volltrunkene rutschte immer wieder vom Sitz, der andere zog ihn herauf – wobei er ihn mal an den Haaren packte, mal am Kragen, mal am Hals.

»Nimm ... nimm dich zusammen!« hörte Marion im Vorbeigehen. »Sonst ... schmeißen die Bullen uns raus.«

Dort war eine Telefonzelle. Marion hatte mehrere Karten, auf denen noch alle Gebühreneinheiten gespeichert waren.

Es würde reichen für ein langes Gespräch nach Salzburg.

Marion wählte. Nach mehrmaligem Läuten wurde abgehoben, und Magda Unnert meldete sich.

Schweine-scharfer Überwahnsinn

Es wäre Wahnsinn gewesen, sich mit den bewaffneten Verbrechern anzulegen.

Daniel huschte zum Fenster. Mit den Zähnen hielt er den Tragriemen des Ledersacks. Um das Fenster lautlos zu öffnen, brauchte er beide Hände.

Zappel war hinter ihm.

Auf dem Flur verstummten die Schritte vor einem der Gästezimmer.

Daniel stieg auf die Fensterbank und sah hinunter.

Nach der Finsternis in dem Raum wirkte die Dunkelheit draußen wie Dämmerung. Der Puma sah genug.

Das Fenster lag hoch, aber nicht zu hoch. Für den Schlaffi wäre der Sprung Selbstmord gewesen, für den Puma ein leichtes.

Zwei Ulmen – rechts und links des Fensters – bildeten eine Art Einflugschneise. Unten, wo der Widerschein des Nachthimmels gerade noch hinreichte, war eins der schönen Blumenbeete, die Daniel schon vormittags bewundert hatte.

Ja, richtig! Es war das mit der seltsamen Blumenschale, mit dem bepflanzten Kanadier, dem Kanu, das man halb in den Boden...

O Mann! dachte Daniel. Endlich! Jetzt weiß ich, wo Webers Millionenbeute liegt.

»Spring nicht zu weit!« flüsterte er seinem Freund zu. »Sonst landest du auf drei Millionen Mark. Aber darüber ist 'ne harte Kante, nämlich der Rand eines Kanus.«

»Was?« zischte Zappel.

»Pst!«

Daniel stieß sich ab und sprang.

Er landete auf weichem Rasen, kam mit den Ballen auf und federte in den Knien ab.

Er lief zur Seite.

Zappel flog mit ausgebreiteten Armen, schlug etwas härter auf und fiel zurück auf den Hintern. »Wo ist die Kohle?«

»Später! Ich möchte nicht erschossen werden bei der Schatzsuche.«

Sie rannten durch den Garten.

Hinter dem geöffneten Fenster flammte Licht auf.

Aber da waren die beiden bereits auf der Straße, liefen an einem Audi und an Meinerts VW vorbei, mieden den Lichtkreis der Laternen und erreichten die dunkle Ecke, wo die Kamikaza in der Sommernacht träumte.

Keuchend stützte sich Philipp auf den Sattel, während Daniel den Ledersack festschnallte.

»Erst warten wir mal. Wenn sie uns nachsetzen, können wir immer noch abhauen.«

»Du hast was gesagt von der Drei-Millionen-Beute, Puma!«

»Bei der Draufsicht aus der Vogelperspektive ist es mir wieder eingefallen – bei der Draufsicht auf das

Beet. Ein schmales, langes Beet, vor dem wir gelandet sind. Ist dir aufgefallen, daß es ziemlich erhaben über dem Rasen schwebt, nämlich in Fußhöhe?«

»Nee.«

»Tut es aber. Weil sich das ganze Beet in einer bepflanzten Schale befindet. In einem Kanadier, den man halbhoch eingegraben und dann umfunktioniert hat. Ich wette, Zappel: Unter diesem Beet liegt die Beute.«

»O Mann! Das wäre Wahnsinn! Galaktischer, schweinescharfer, affengeiler Überwahnsinn! Diese Bude ist ja das reinste Verbrecher-Quartier. Auf dem Dachboden die halbe Million vom SUPERKLOTZ, naß, aber vorhanden. Im Blumenbeet die Weber-Millionen. Und die beiden Ganoven bevölkern das Haus.«

»Sie wissen, daß wir sie belauscht haben. Für die sind wir lebensgefährlich. Sie müssen uns killen. Jedenfalls müssen sie's versuchen. Aus ihrer Sicht stimmt die Logik.«

»Hauen wir ab?«

»Allenfalls ziehen wir uns ein bißchen zurück. Aber nur, wenn sie schießen. Ich lasse die Bude nicht aus den Augen. Die beiden rechnen doch damit, daß wir die Polizei verständigen. Also raffen sie das nasse Geld zusammen und bringen es weg. Aber das verhindern wir, indem wir an jedem Fahrzeug zwei Reifen kaputtstechen.«

Zappel fröstelte. »Willst du etwa zurück?«

»Klar. Sie sind noch im Haus. Sie befürchten, wir könnten sie aus dem Dunkeln mit Steinen bewerfen. Hier, du nimmst den Schraubenzieher, ich habe mein Messer. Es muß schnell gehen.« Geduckt rannte Daniel an der Hecke entlang, gefolgt von seinem Freund.

Beichte am Telefon

»Mama«, sagte Marion, »ich bin's.«

Sie hörte den Aufschrei ihrer Mutter und wechselte den Hörer in die andere Hand.

»Marion! Kind! Gott sei Dank! Wo warst du? Vor zwei Stunden war ich beim Sicherheitsbüro und habe dich als vermißt gemeldet.«

»Als vermißt?«

»Kind, du wolltest heute morgen bei Lisa ankommen.«

»Ja, ich ... ach, Mama!« Sie begann zu weinen.

»Marion, was ist? Von wo rufst du an?«

»Ich bin jetzt bei Lisa. Das heißt, auf dem Bahnhof. Eben bin ich angekommen.«

»Und wo warst du inzwischen?«

»Mama«, Marion schluchzte. »Ich habe wieder Mist gebaut. Es ist ... ist ... weil ich immer wieder reinfalle auf die dämlichen Kerle. Und Silvios Tod – das wollte ich doch nicht.«

Magda Unnert schwieg vor Entsetzen.

Dann: »Wer ist tot?«

»Silvio. Silvio Farca.«

»Wer ist das?«

»Mein Freund. Ich dachte, er wäre mein Freund. Aber er hat mir was vorgemacht. Er hat behauptet, er liebe mich. Später habe ich gemerkt, was er wirklich war: ein Verbrecher. Für uns – nein, für ihn habe ich das Geld genommen. Erst im nachhinein ist mir klargeworden, daß er in Salzburg immer vermieden hat, sich mit mir zu zeigen – in der Öffentlichkeit zu zeigen. Angeblich, weil es da noch eine Frau gäbe, die ihn beobachten ließe. Eine eifersüchtige ehemalige Geliebte. Mit ihm wollte ich durchbrennen. Mit seinem Wagen sind wir am Donnerstag auf und davon.«

»O Gott! Davon hast du nichts gesagt.«

»Es kommt leider noch schlimmer, Mama. Wir sind durchs Inntal gefahren, Richtung Innsbruck. Dort ist Silvio plötzlich abgebogen in ein Seitental – ins Ratzlschneisen-Tal. Wir hielten am Rande einer Schlucht. Silvio wollte Rast machen. Er war plötzlich ganz verändert. Nicht mehr lieb und nett. Sondern schroff. So kannte ich ihn gar nicht. Dann ... dann ... es ist furchtbar, Mama.«

»Kind«, sagte Magda Unnert. »Ich fühlte ja mit dir. Was ist dann passiert?«

»Ich stand dicht am Rande des Abgrunds. Silvio kam auf mich zu. Mit einem ganz starren Gesicht. Er packte mich. In dem Moment wußte ich, er würde mich hinunterstoßen. Er wollte das Geld, Mama. Mich wollte er gar nicht. Ich hatte eine Hand frei. Ich versuchte, ihn abzuwehren. Dabei habe ich ihm – mehr aus Versehen – den Finger ins Auge gestoßen. Er hat geschrien, ist getaumelt und dann ... Er hat die ganze Zeit geschrien, als er in die Tiefe stürzte.«

Stille in der Leitung.

Das Entsetzen lähmte Magda die Zunge.

»Mama«, sagte Marion. »An meinem linken Zeigefinger war der Nagel abgebrochen. Den habe ich kurzgefeilt.«

Magdas Stimme zitterte. »Und dieser Silvio ist – tot?«

»Natürlich ist er tot. Er ist fünfzig Meter in die Tiefe gestürzt und auf Fels aufgeprallt.«

»Hast du... hast du... dich um den Toten gekümmert?«

»Ich habe gar nichts getan, Mama. Ich bin nach Salzburg zurückgekommen. Es war Notwehr! Aber was hätte ich der Polizei sagen sollen? Daß er mich dazu gebracht hat, fünf Millionen zu stehlen – daß er mich dann beseitigen wollte, um das Geld für sich zu haben? Nein! Zur Enttäuschung nicht noch die Schande!«

Die Gebühreneinheiten auf der Telefonkarte waren verbraucht. Marion schob eine neue ein.

»Kind«, sagte Magda, »du wolltest doch das Geld zurücklegen. Und Herr Leupell wollte dir dabei helfen. Habt ihr das getan? Ich wollte ihn fragen, aber ich konnte ihn den ganzen Tag nicht erreichen.«

»Eine dumme Gans wie ich hat es nicht besser verdient, Mama. Auf diesen Kerl bin ich nämlich auch reingefallen.«

»Wie bitte?«

»Der Leupell ist hübsch, sieht aber etwas doof aus. Findest du nicht? Ich habe ihn so eingeschätzt. Aber das war ein Irrtum. Er ist ein ganz schlauer Hacker. Einer, der mit seinem Computer in andere Datensysteme eindringen kann. Leupell hat guten Kontakt zur Gendarmerie. Irgendso ein Kiberer ist sein Freund. Jedenfalls kann Leupell die aktuelle Datenbank anzapfen. Das hat er am Freitagmorgen gemacht. Dabei ist er auf einen ausführlichen Bericht gestoßen über den ungeklärten Todesfall Silvio Farca. Leupell ist über den Vornamen gestolpert. Und darüber, daß in Silvios Auge ein kleiner Splitter von rotem Nagellack war. Daß einer meiner Nägel auffällig kurz war, hatte Leupell am Donnerstag bemerkt, als er bei uns in der Wohnung war. Dann hat er zwei und zwei zusammengezählt und mir ins Gesicht gesagt, was er vermutet. Ich mußte es zugeben.«

»O nein!«

»Was der Leupell darauf sagte, habe ich noch wörtlich in Erinnerung. Er sagte: Marion, liebe Marion! Ich glaube Ihnen. Es war bestimmt ein Unfall. Aber die Kiberer könnten meinen, es wäre Mord. Oder wenigstens Totschlag. Aus einem enttäuschten Mädchenherzen heraus. Ich könnte Sie erpressen, liebste Marion. Und das tue ich auch – zu unser beiden Glück. Ich will sagen: Sie werden das Geld von Risl-Krachkranider behalten. Wenn Sie dann angeblich zu Ihrer Brieffreundin fahren, türmen wir beide zusammen. Zunächst nach Italien. Und diesmal wird es keinen Mordversuch geben – sondern Honigmond unter südlicher Sonne.«

»Das hat er gesagt?«

»Und ich bin darauf reingefallen.«

»Wohin seid ihr gefahren?«

»Zunächst bis Bozen.«

»Hat er auch versucht, dich ... dich ...«

»Nein, gewalttätig ist er nicht, dieser Schleimer. Aber hinterhältig.«

»Nämlich?«

»Wir waren in einem kleinen Hotel, Mama. Ich sagte, daß ich einkaufen gehe. Und dann hatte ich meine Brille vergessen und bin noch mal leise zurückgekommen. Leise, weil ich dachte, er schläft. Er schlief nicht.

Er hat telefoniert. Ich stand im dunklen Vorraum hinter angelehnter Tür und habe alles mitgehört.«

»Ja?« Magdas Stimme klang jetzt wie der Hilferuf einer Maus.

»Er telefonierte mit einer Frau. Ganz zärtlich hat er sie angeredet. Sie heißt Fini. Sie ist sein Finilein. Finilein, hat er gesagt, wenn das häßliche Weib heute nacht schläft, nehme ich das Geld und haue ab. Anzeigen kann sie mich nicht. Sie sitzt viel zu tief in der Tinte. Wir treffen uns in Verona, Finilein. Und dann hauen wir ab auf unsere griechische Insel. Das hat er gesagt, Mama! Dieser Dreckskerl.«

»Hast du ihn zur Rede gestellt?«

»Ich habe gewartet, bis er nach dem Telefonat eingeschlafen ist. Er war müde, hatte nämlich einen halben Liter Roten getrunken. Dann habe ich meinen Koffer geholt, leise, und das Geld. Dem Portier habe ich gesagt, daß der Herr die Rechnung bezahlt. Dann bin ich zum Bahnhof gelaufen und mit dem Zug hierher gefahren.«

»Das hätte ich von dem Leupell nicht gedacht.«

»Ich fürchte, er denkt sich, wohin ich geflohen bin, und kommt her. Er wird mir das Geld wegnehmen.«

»Bei Lisa Ebensteyn hast du Schutz. Ihr Vater ist der Polizeipräsident.«

»Aber dann müßte ich doch sagen, daß ich soviel Geld bei mir habe, und was es damit auf sich hat.«

»Das mußt du auch, Kind. Besser das, als daß dir der Leupell was antut.«

»Ach, Mama.« Sie putzte sich die Nase. »Jetzt nehme ich mir ein Taxi und fahre zu Tante Olga. Ihr werde ich sagen, ich hätte zwischendurch eine Freundin besucht. Hoffentlich glaubt man mir das.«

Herzlich willkommen!

Daniel benutzte ein schweres, schwarzes Butterfly-Messer, hockte neben dem Audi und ließ zweimal die Luft aus den Reifen. Vorn links und hinten links. Langsam senkte sich das Fahrzeug auf die Felgen.

Philipp stocherte noch an Meinerts VW herum.

Daniel behielt die Villa im Auge.

Alle Lichter waren gelöscht.

An der Haustür gewahrte er jetzt einen Schatten.

»Zappel, sie kommen. Ab!«

Tief gebeugt rannten beide an der Hecke des nächsten Grunstücks entlang und dann weiter bis zur Kamikaza an der Ecke. Sie stand im Dunkeln.

Frowinkl trat auf die Straße. Er hielt etwas in der Hand und blickte nach allen Seiten.

»Sie wissen, daß wir noch hier sind«, sagte Daniel. »Die Kamikaza dröhnt wie das jüngste Gericht. Sie hätten gehört, wie wir abfahren. Tun wir ihnen den Gefallen. Dann läßt ihre Wachsamkeit nach.«

Sie saßen auf. Daniel startete. Sie fuhren ohne Licht ab. Erst im Flöringer Weg schaltete er den Scheinwerfer ein.

Sie fuhren nur so weit, bis sie außer Hörweite waren, parkten hinter einem Wohnmobil und joggten zurück. Daniel schleppte seinen Puma-Sack. Diesmal mieden sie die Straße, stiegen über Zäune und durchquerten unbefugterweise zwei Grundstücke. In einem Bungalow löste das Hundegebell aus. Es klang nach Dackel.

Die Jungs hockten sich hinter den Zaun, der Olgas Grundstück auf der Nordseite begrenzte.

Daniel sah die Ulmen und das mutmaßliche Versteck der Weber-Millionen.

Das Fenster im Obergeschoß war geschlossen. Jetzt brannte wieder Licht im Haus. Sogar aus einer Dachluke fiel gelblicher Schein.

»Nasse Scheine«, sagte Zappel, »kleben aneinander. Ich hatte das mal mit zwei Zwanzigern. Ich wollte sie trennen. Zum Schluß hatte ich nur Konfetti.«

»Schrecklich!«

»Klar, Mann! Vierzig Mark Verlust.«

»Stell dir vor, es wären Hunderter gewesen.«

»Oder Tausender. Hohe Geldscheine sollten aus regendichter Spezialfaser sein. Wie Schlechtwetter-Sportkleidung.«

»Windschlüpfrig, schweißaufsaugend und atmungsaktiv«, nickte Daniel. »Und an den Rändern bitte Profil.«

Er öffnete den Ledersack und begann, sich in den Puma zu verwandeln: mit schwarzem Lederblouson, dem Stimme verzerrenden Kehlkopf-Mikrofon, mit Handschuhen und schließlich der Ganzkopf-Maske, die bemalt ist – phosphoreszierend – mit dem Kopf eines wütenden Pumas.

»Ich darf mich nicht zeigen«, freute sich Zappel. »Wenn sie mich sehen, wissen sie gleich, daß du in dieser Faschingsnummer steckst.«

»Der Puma«, Daniels Stimme blecherte leise, »schlägt zu aus dem Dunkel. Niemand weiß, woher er kommt. Niemand ahnt, woher er seine Infos hat. Diesmal hat er die heiße Spur des Kaufhaus-Erpressers verfolgt. Vom Kahlenfels bis hierher. Sollte man mich erschießen, verständige Mike.«

»Mache ich gern.«

»Ich verstecke mich dort hinter dem Goldregen-Strauch. Er steht genau am Wege zwischen Haustür und Gartenpforte. Wenn die beiden zu den Fahrzeugen wollen, müssen sie dran vorbei. Hat Frowinkl seine Kanone in der Hand, mache ich mich klein und halte die Luft an. Hat er nichts in der Hand, kriegt er eins an die Rübe, daß er langliegt. Meinert ist kein Problem. Du bleibst unsichtbar.«

Daniel richtete sich auf, um über den Zaun zu flanken.

In diesem Moment kam das Taxi.

Es hielt vor der Einfahrt, zwischen Audi und VW; der Fahrer schaltete die Innenbeleuchtung an, und ein junges Mädchen bezahlte die Fahrt.

Dann stieg es aus. Der Fahrer ging um den Wagen herum und nahm ihr Gepäck aus dem Kofferraum.

Das Taxi fuhr ab.

Das Mädchen trat durch die Pforte und schleppte den Koffer. Um das Gewicht auszugleichen, bog sie den Körper zur Seite. Blondes Zottelhaar wischte über die Schultern. An der Haustür setzte sie den Koffer ab.

Daniel kauerte wieder hinter dem Zaun. »Das muß Marion Unnert sein. Also hat Meinert sie nicht entführt oder umgebracht. Trotzdem glaube ich an meine Theorie. Das bedeutet: Marion läuft ihrem Feind ahnungslos in die Arme.«

»Wollen wir sie zurückhalten?«

»Zu spät.«

Sie konnten zum Eingang sehen.

Das Mädchen hatte geklingelt. Jetzt wurde geöffnet.

»Du bist bestimmt Marion Unnert«, sagte Meinert laut in den nächtlichen Garten. »Habe ich recht? Na, wunderbar. Wir haben uns schon Sorgen gemacht, wo du bleibst. Herzlich willkommen! Herein mit dir!«

»Danke«, erwiderte Marion. Ein dünnes Stimmchen. »Ich freue mich und ...«

Dann schloß sich die Tür.

»Und jetzt?« fragte Zappel.

»Jetzt tritt der Puma in Aktion. Spuck mir mal über die Schulter!«

»Toi, toi, toi!«

Daniel sprang über den Zaun, rannte hinter der Villa entlang zur Südseite.

Um die Taille trug er eine schwarzlederne Gürteltasche, die verschiedenes Werkzeug enthielt – unter anderem einen Damenring mit kleinen Brillanten, der allerdings nicht viel wert war. Gleichwohl handelte es sich um einen echten Diamanten. Dieser Edelstein ist bekanntlich härter als Glas und kann deshalb zum Zerschneiden von Fensterscheiben benutzt werden.

Auf der Südseite, wo die Terrasse war, hatte man die Markise eingerollt. Der hintere Teil der Terrasse wurde überdacht von einem Balkon mit schön geschnitztem Geländer.

Daniel sprang mit kurzem Anlauf, schnellte hinauf wie ein Basketball-Gigant, erfaßte die Kante des Balkons und zog sich hoch, lautlos und geschmeidig.

Eine Balkontür.

Er probierte die Klinke.

Der obere Teil der Tür bestand aus sechs Glasflächen. Daniel hätte den Ring einsetzen können, um sich nach Einbrecherart Eintritt zu verschaffen. Aber das war nicht erforderlich. Die Tür gab nach.

Er trat in den Raum, der nach Lavendel roch und der häufigen Gegenwart einer älteren Dame, die jetzt freilich nicht anwesend war, sondern im Krankenhaus wegen ihres Schadens am Herzen versorgt wurde.

Olgas Zimmer.

Daniel öffnete die Tür zum Flur, sah den Lichtschein, der von der Kamindiele zur Galerie herauf reichte, und hörte die Stimmen.

Der Puma greift ein

Tut es mir wirklich leid«, sagte Marion mit dünnem Stimmchen, »daß ich soviel Aufregung verursacht habe. Es war dumm von mir. Aber so weit habe ich nicht gedacht.«

Daniel kauerte hinter dem Geländer der Galerie. Anstelle der Stäbe unter dem Handlauf hatte der Schreiner vor einem Menschenalter handbreite Eibenhölzer verwendet, reich beschnitzt. Die Spalten dazwischen waren so schmal, daß Daniel – wie vorhin schon – das Auge an den Zwischenraum pressen mußte, um hinab zu sehen.

Das hatte den Vorteil, daß er von unten nicht entdeckt werden konnte.

Marion Unnert wurde von den Männern umringt.

Meinert, der sich mit dem Ärmel Schweiß vom Gesicht wischte, war Daniel zugewandt.

Frowinkl stand mit dem Rücken zur Galerie, etwa zwei Meter vor der Fallinie.

Marion, zwischen ihnen, wandte den Kopf mal zum einen, mal zum anderen. Sie spürte offenbar, wie nervös die beiden waren. Frowinkl bewegte sich unruhig. Eine unangenehme Spannung lag in der Luft.

»Aber Tante Olga geht es schon besser?« fragte Marion. »Gleich morgen vormittag werde ich sie besuchen.«

Meinert nickte. Dann erstarrte seine Miene, und der nach oben gerichtete Blick wurde glasig wie bei einem verendeten Fisch.

Der Puma, übers Geländer geschnellt, flog herab mit leicht angezogenen Knien, die Hände zur Tigerkralle gekrümmt.

Meinert riß den Mund auf. Aber der Schrei kam zu spät.

Mit der Wucht seiner zweiundachtzig Kilo prallte der Puma dem Erpresser Frowinkl auf den Rücken, schmetterte ihn zu Boden, wobei er ihn nach links stieß, um nicht auch Marion von den Füßen zu fegen.

Frowinkl prallte voll auf die Vorderseite. Ein erstickter Laut. Eine Hammerfaust traf das Genick. Dann ließ Daniel ab von dem Bewußtlosen, federte hoch und setzte Meinert nach, der zurückwich und stolperte. Daniel holte blitzartig aus. Zu einer Ohrfeige, für die ein Waffenschild nötig war.

Meinert flog ein Stück, riß einen Sessel und das Kaminbesteck um, prallte gegen die Wand und sackte zu Boden.

»Der... der Puma!« schrie Marion. »O Gott!«

»Keine Angst!« blecherte Daniel durch sein Mikrofon. »Du hast nichts zu befürchten. Ich bin auch hier zu deinem Schutz. Denn der«, er wies auf Meinert, »hatte was vor mit dir. Was Böses.«

Daniel zerrte ihn hoch. Meinert war benommen. Die linke Gesichtshälfte schwoll an.

»Spuck's aus!« wurde er vom Puma angeherrscht. »Du wolltest das Mädchen beseitigen. Damit dein Gemäldediebstahl nicht rauskommt.«

Meinerts Knie gaben nach. »Ich... ich... wollte es. Aber... gekonnt hätte ich das nicht. Nein! Nie!«

»Ich war im Zug«, schwindelte Daniel. »Beim Kahlenfels bin ich abgesprungen. Erwischt habe ich dich nicht mehr. Aber ich sah dich. Und ich konnte dir folgen. Bis hierher. Über Frowinkl weiß ich Bescheid. Alias Froschegger, wie? Ja, ich habe Zugang zu polizeilichen Unterlagen, obwohl ich kein Bulle bin.«

Marion zitterte. Weit aufgerissene Augen konnten nicht fassen, was sich hier abspielte.

»Auf Meinerts Coup«, setzte Daniel – an Marion gewandt – seine Märchenstunde fort, »bin ich zufällig gestoßen. Weil ich einen der Typen im Visier hatte, dem er die gestohlenen Gemälde verkauft hat – die Gemälde seiner Tante. Den Rest habe ich von zwei Jungs erfahren. Ja, mit den richtigen Infos geht alles. Dein sauberer Verwandter, Marion, wird dir jetzt erzählen, worum es geht. Ich muß telefonieren. Aber erst...«

Aus seiner Gürteltasche holte Daniel den Puma-Stempel hervor. Hart wurde er Meinert auf die Stirn gedrückt, dann dem immer noch bewußtlosen Frowinkl alias Froschegger.

Meinert erhielt einen Tritt.

»Los, erzähl ihr, was Sache ist.«

Meinert schleppte sich zu dem Mädchen, stand vor ihm mit abgewandtem Gesicht und begann, leise und stockend, mit seinem peinlichen Geständnis.

Daniel griff zum Telefon.

Ebensteyns Privatnummer.

Eine charmante Frauenstimme meldete sich.

Das war Helga, seine Frau, eine scheinbar so coole Schönheit, von deren Warmherzigkeit sich Daniel aber – in seiner Rolle als Schlaffi – schon oft überzeugt hatte.

»Hier ist der Puma«, sagte er. »Entschuldigen Sie die späte Störung, gnädige Frau. Ist der Herr Polizeipräsident da?«

»Hallo, Puma!« rief sie. »Himmel, Lisa schläft schon. Ob ich sie wecke? Nein, lieber nicht. Sonst liegt sie dann wach bis morgen früh. Moment, ich hole meinen Mann.«

Offenbar stand er schon neben ihr. Denn es dauerte nur eine Sekunde.

»Hallo, Puma!«

»Hallo, Dr. Ebensteyn. Die Adresse lautet Grünkernallee 34. Das Haus gehört einer Olga Plessendorf. Sie werden hier gefesselt und abgestempelt vorfinden: Klaus Frowinkl alias Hubert Froschegger. Er ist der Kaufhaus-Erpresser und Bombenleger. Sowie seinen Komplicen Jochen Meinert, den Neffen der Plessendorf. Die alte Dame hat mit allem nichts zu tun. Sie liegt zur Zeit im Krankenhaus. Das Lösegeld befindet sich – vermute ich – auf dem Dachboden und soll dort trocknen. Der Koffer fiel bei der Lösegeld-Übergabe ins Wasser. Aber das ist noch nicht alles. Hier im Garten wurde ein Kanu – ein sogenannter Kanadier – zur Blumenschale umgewandelt, also in den Boden eingelassen und bepflanzt. Dieses Kanu ist vermutlich das Versteck der Weber-Millionen. Ich meine die Beute des einsitzenden Doppelmörders Heinz-Werner Weber. Tja, und letztlich sollten sie einem gewissen Egon Zeidler auf die Finger klopfen. Dem Mann ist in irgendeiner Weise bekannt geworden, daß Frowinkl der Erpresser ist. Aber Zeidler hat dieses Wissen für sich behalten und damit gegen seine Pflicht verstoßen, die Polizei zu verständigen. Ach so, und eine gewisse Marion Unnert ist eben hier eingetroffen. Ich glaube, sie wird von Lisa erwartet. Das wär's. Liebe Grüße an Ihre Tochter!«

Ebensteyn holte tief Luft.

»Puma«, sagte er dann, »ich ... stelle keine Fragen.«

»Ist besser so.«

»Ich werde nie begreifen, wie Sie das machen.«

»Irgendwann einmal erkläre ich's Ihnen.«

»Danke für Ihre Hilfe.«

»Keine Ursache«, sagte Daniel, der Puma, und legte auf.

Im selben Moment ertönte ein klatschender Laut.

Meinert jaulte auf und hielt sich die andere Wange, wo ihm Marion – schockiert von der Gemeinheit, die er ihr gebeichtet hatte – eine Ohrfeige hingesetzt hatte. Auch die war nicht von schlechten Eltern.

Der Puma schickte das Mädchen hinaus zu Meinerts VW, um die Stricke zu holen, die dort unter der Decke lagen. Damit wurden die Ganoven gefesselt.

»Ich verabschiede mich«, sagte Daniel zu dem Mädchen. »Du kannst unbesorgt sein. Die Polizei ist gleich hier.«

»Hach!« Ihr Gesicht lief rot an. »Ich ... habe eine große Bitte. Bei keinem andern würde ich das wagen. Aber zu Ihnen, Puma, habe ich absolutes Vertrauen. Was man wissen kann über Sie, weiß ich von meiner Brieffreundin Lisa. Helfen Sie mir?«

»Ich helfe immer«, erklärte der Puma großartig. »Dafür bin ich ja da.«

Im Vorraum, hinter geschlossener Tür, berichtete

Marion von ihrer Verirrung, von dem, wozu sie sich hatte verleiten lassen. Sie erzählte alles, holte ihren Koffer und entnahm ihm einen Leinenbeutel, der prall gefüllt war mit österreichischem Geld – mit fünf Millionen Schilling in großen Scheinen.

»Das gehört meinem Chef, dem Kunsthändler Risl-Krachkranider.«

Der Puma nahm es. »Hast du die Schlüssel zu seinem Geschäft?«

Marion hatte sie, und der Puma steckte sie ein.

»Ich fahre morgen nach Salzburg und lege das Geld zurück in den Safe. Die Schlüssel werfe ich bei Lisa Ebensteyn in den Briefkasten. Wegen des Todesfalls Silvio Farca wendest du dich bitte ans hiesige LKA. Und zwar an Kommissar Michael Loewinger. Der ist, wie ich hörte, betraut mit der Sache. Er wird auch dafür sorgen, daß dieser Leupell eins auf den Hut kriegt und dich nicht mehr behelligt. Tschüs!«

Beinahe hätte sie ihn umarmt. Aber das getraute sie sich dann doch nicht. Doch sie spürte, wie er lächelte unter seiner Maske.

So kam es, daß Daniel und Zappel am nächsten Tag, dem Sonntag, einen längeren Ausflug machten mit der Kamikaza.

Auf Fragen von Clarinda, Oma und Opa erklärten sie, die Fahrt wäre ziellos gewesen und ins Blaue. Salzburg wurde mit keinem Wort erwähnt.

In den Zeitungen war am Montag eine Menge zu lesen. Unter anderem, daß man Webers Millionen in einem Blumenbeet gefunden hatte.

Am Dienstag bummelten Lisa und Marion durch die

Innenstadt. Der Zufall wollte es, daß ein behelmter, athletischer Typ auf seiner Kamikaza vorbeifuhr und ihnen zuwinkte.

»Wer ist denn das?« wollte Marion wissen.

»Nichts Besonderes«, erklärte Lisa leichthin. »Mehr Schein als Sein. Wir nennen ihn Schlaffi. Ein Angsthase und Leisetreter. Menschlich ganz nett. Aber ohne Biß, ohne Saft und Kraft.«

»Komisch«, sagte Marion. »Irgendwas an seiner Haltung kommt mir bekannt vor. Als hätte ich ihn schon mal gesehen.«

Doch Lisa hörte kaum hin. Denn sie träumte gerade – von ihrem Idol, dem großen Unbekannten, dem Puma.

ENDE

Der Puma
und seine Freunde

Unter dem Stuhl des Polizeipräsidenten Ebensteyn tickt eine Bombe: der unaufgeklärte Mord aus dem Jahre 1921. Unfaßlich, was jetzt ans Licht kommt. Der verstorbene Vater des »Oberbullen« soll`s gewesen sein. Wäre Ebensteyn bei dieser Herkunft noch tragbar in seinem hohen Amt?

Band 18600/DM 10,-

Ihr Auftrag ist Mord – ihr Opfer Dr. Palaman Huschdi, der Dichter aus dem afrikanischen Regenwaldstaat, wo ein Diktator das Sagen hat. Vier Söldner, ein Mordkommando, schickt er nach Deutschland: In jene Großstadt, wo der Puma zu Hause ist. Kann er die Verbrecher stoppen?

Band 18601/DM 10,-

Angst breitet sich aus unter den jungen Mädchen der Stadt. Ein brutaler Unhold geht um. Beinahe wäre Anne – Lisas Freundin – sein Opfer geworden. Anne kann den Täter beschreiben. Die Veröffentlichung des Phantombildes führt zum Erfolg. Der Mann wird gefaßt. Aber sein Alibi ist echt...

Band 18602/DM 10,-

Jetzt drei neue Bände mit großartigen Abenteuern:

Bei der gewaltsamen Entführung eines schwerreichen Bauunternehmers gibt es nur einen Augenzeugen. Doch der ist angeblich blind und will nicht aussagen. Das Lösegeld wird gezahlt, aber der entführte Paul Merkhoff kehrt nicht zurück. Lebt er noch? Der Puma und seine Freunde stoßen auf Grauenvolles...

Band 18608/DM 10,-

Lisa, die Tochter des Polizeipräsidenten, erwartet den Besuch ihrer Freundin Marion aus Salzburg. Doch Marion trifft nicht mit dem Nachtzug ein. Was ist mit ihr geschehen? Hat vielleicht ihr Cousin Jochen Meinert etwas mit ihrem Verschwinden zu tun weil er fürchtet, daß Marion seine Betrügereien entdecken könnte?

Band 18609/DM 10,-

Nacht für Nacht ist Lothar Knebe unterwegs. Doch er weiß nichts davon, denn er ist Schlafwandler. Oft bleibt er stundenlang weg, und niemand kann sagen, was er in dieser Zeit anstellt. Ein Geheimnis? Vielleicht. Denn in einer Vollmondnacht wird auf ihn geschossen – mit kleinen, lautlosen vergifteten Pfeilen aus Stahl...

Band 18610/DM 10,-

BASTEI LÜBBE JUGENDBUCH

Die sensationelle Jugendbuchreihe
von TKKG-Autor Stefan Wolf
Überall im Buchhandel erhältlich